Ulli Krebs
Nordseegift

Originalausgabe – Erstdruck

Die Personen und Handlungen sind frei erfunden,
deshalb sind etwaige Übereinstimmungen zufällig.

Ulli Krebs

Nordseegift

acht Grad Ost hinterm Deich
nw

Bibliografische Information

Die Deutsche Bibliothek verzeichnet diese Publikation in der Deutschen Nationalbibliografie; detaillierte bibliografische Daten sind im Internet über http://d-nb.de abrufbar.

In der Reihe „acht Grad Ost hinterm Deich“ erscheinen Geschichten mit spannenden und maritimen Themen für Groß und Klein, durchaus auch in Plattdütsch. Sie sind unterhaltsam, informativ, sinnlich und bereiten den Lesern mal kürzeres oder längeres Lesevergnügen. Genauso, wie die Profile unserer Deiche es vorgeben.

Autorin: Ulli Krebs

Foto Vorderseite und Layout: Yvonne Stachel

Gesamtherstellung, Verlag und Vertrieb:
Wirtschaftsverlag NW,
Verlag für neue Wissenschaft GmbH
Postfach 10 11 10
27511 Bremerhaven
E-Mail: vertrieb@nw-verlag.de
Internet: www.nw-verlag.de

1. Auflage 2012

ISBN 978-3-86918-168-4

I. Montag, 5. Juli 2010

„Thomas, hörst du mir überhaupt zu? In dem Bremerhavener Mediterraneo kann man tatsächlich sonntags und mit italienischem Ambiente shoppen. Und das gastronomische Angebot scheint auch seinen Reiz zu haben."

Ärgerlich legte Christiane Schuhmacher den Reiseführer zur Seite.

„Thomas?"

Der provokante Unterton war nicht zu überhören.

„Ja doch, ich habe von dem Ding schon gehört. Muss architektonisch nicht uninteressant sein."

Thomas Schuhmacher vertiefte sich wieder in seine Urlaubslektüre. Er war überrascht, wie umfangreich die Sonderausstattung des Concorde Credo war: Leichtmetallfelgen, Motorwärmetauscher, absenkbarer Tisch mit Auflagepolster, Küchen-Paket, Elektro-Leistungspaket, Außendusche, Rollos, Längsschränke für den Bett-Schlafraum, Dachlüfter und Rückfahrkamera mit Shutter und LCD-Monitor. Da konnte der Concorde Compact natürlich nicht mithalten, auch wenn er nur gut die Hälfte kostete.

„Jetzt vergiss doch mal einen Moment lang deine Wohnmobile und hör mir endlich zu! Hier: ‚Wir freuen uns, Ihnen etwas ganz Besonderes präsentieren zu können: eine Einkaufs- und Erlebniswelt, deren südländisches Flair den rauen Norden auf besondere Art belebt und erstrahlen lässt. Treten Sie ein und entdecken Sie den Süden im Norden.'"

Christiane Schuhmacher schloss die Augen. In Gedanken sah sie sich schon nach einer erfolgreichen Shoppingtour in einem der italienischen Cafés vor einem Cappuccino grande mit viel aufgeschäumter Milch sitzen.

„Aber das muss doch nun wirklich nicht sein! Bremerhaven bietet so viel Interessantes. Neben dem gigantischen Hafen gibt es das Auswanderer- und das Klimahaus, das erst im letzten Jahr eröffnet hat. Es soll schon mehr als eine halbe Million Besucher gehabt haben, weil es nahezu alle Aspekte zum Thema Klima anschaulich erklärt. Soweit ich weiß, kann man da die klimatischen Verhältnisse an neun Orten auf allen Kontinenten total realistisch spüren, mit extremen Temperaturschwankungen und so."

Christiane Schuhmacher seufzte. Sie wusste, dass ihr Mann Recht hatte, sie selbst war aber der Museumsmuffel par excellence. Wie sehr hatte sie schon als Kind die Sonntagsausflüge mit der Familie gehasst, die in stundenlangen Besichtigungstouren gipfelten? Thomas wusste das. Warum konnte und wollte er sie nicht verstehen?

„Also, ich sehe mir das Mediterraneo bestimmt an. Und die Bürgermeister-Smidt-Straße auch! Das ist die lange Einkaufsmeile mit Arkaden und jeder Menge Geschäften."

„Tu, was du nicht lassen kannst, aber gib nicht schon wieder so viel Geld aus. Wusstest du eigentlich, dass sowohl der Concorde Credo als auch der Compact einhundertsiebenundfünfzig PS haben?"

„Mensch Thomas, du nimmst mich überhaupt nicht ernst! Es interessiert dich anscheinend gar nicht, was mir Spaß macht und gefällt. Und wo wir gerade beim Thema Geld sind, billig sind diese neuen Wohnmobile bestimmt nicht. Unser Wohnwagen tut es doch auch."

Verärgert schlug der leidenschaftliche Campingurlauber den Katalog zu. Der schrille und zugleich trotzige Tonfall seiner Frau war manchmal schwer auszuhalten.

Das plötzliche ohrenbetäubende Geschrei zweier Lachmöwen über ihnen war Thomas lieber. Die Seevögel mit dem weißen Körper und dem braunen Kopf stritten um ein Stück Fisch. Ihre roten Schnäbel versuchten sich zu bekämpfen, die Möwen lieferten sich waghalsige Flugmanöver. Das Spektakel spielte sich jetzt direkt neben ihnen ab, zum Greifen nah. Wie ärgerlich! Die Kamera lag im Wohnwagen, er hätte die Szene gerne fotografiert.

Seine Frau war währenddessen in die Welt des Mediterraneo abgetaucht. Für ihn war es nicht nachvollziehbar, dass jemand sich dermaßen an nutzlosen Einkäufen erfreuen und darin verlieren konnte. Trotzdem versuchte er, Christiane zu beruhigen. Er wollte nicht, dass die Situation eskalierte und sie schon wieder stritten.

„Ach, dann gehst du eben shoppen und ich sehe mir die Stadt an. Das wäre ja nicht das erste Mal so. Und was unseren Wohnwagen angeht, kann ich dir nur sagen, dass der garantiert nicht mehr durch den TÜV kommt. Sieh dich doch hier um! Kein Mensch hat so eine Rostlaube. Die hat ja fast schon antiquarischen Wert."

Die Eheleute schwiegen. Er blickte neidvoll auf die geräumigen und funktionalen Fahrzeuge auf dem Campingplatz, sie sah dem aus dem Hafen auslaufenden Ausflugsschiff ‚Wega II' hinterher. Mehrere Passagiere standen an Deck des Flachbodenschiffs und winkten den Zurückgebliebenen zu. In der Ferne zählte Christiane sieben Segelyachten, die vor der Butjenter Küste kreuzten. Wie gerne hätte sie jetzt gemeinsam mit Thomas auf einem der Schiffe gesessen und mit ihm zusammen die Sonne und den Fahrtwind genossen.

Sie schluckte, ahnend, dass ihr Mann sich gleich wieder über die von ihm geplanten Wohnmobilreisen auslassen würde, zu denen sie überhaupt keinen Bezug hatte. Nein, sie wollte nicht nach Osteuropa in die Kälte fahren, für mehrere Monate von ihren Kindern und Freundinnen getrennt sein, um dann – so wie jetzt – mit Thomas zu streiten. Und Skandinavien mit seiner langen Winterzeit, dem wenigen Licht und den weiten Fahrtstrecken hatte für sie nicht den geringsten Reiz. Wenn er wenigstens in den Süden gewollt hätte, aber nein, diese Richtung schien sein Kompass nicht zu kennen. Ein Blick auf die Armbanduhr verriet ihr, dass es bereits zehn Uhr war, Zeit um aufzubrechen.

„Es ist gleich Flut. Kommst du mit nach Burhave zum Schwimmen?"

Thomas Schuhmacher schüttelte den Kopf. Dann erklärte er zum wiederholten Mal, dass Flut nichts anderes als auflaufendes Wasser bedeute und sie wohl Hochwasser gemeint habe.

„Und den Höhenunterschied von Hoch- und Niedrigwasser nennt man Tidenhub. Ich denke, er liegt hier bei etwa drei Metern. Vielleicht solltest du lieber mal in das Fedderwardersieler Museum Nordseehaus gehen als an den Strand. Da erklären sie mit Hilfe eines Modells, wie Mond und Sonne die Gezeiten bestimmen, wie das Meerwasser zum Mond hingezogen wird und die Flut entsteht. Aber das ist dir natürlich wieder zu anstrengend."

Christiane Schuhmacher versuchte, die Provokation zu übergehen. Stillschweigend packte sie ihre Schwimmsachen und ein wenig Verpflegung in das Fahrradkörbchen. Dann nahm sie ihr Fahrrad und fuhr wortlos davon.

Es tat gut, sich die Wut und den Ärger aus dem Bauch zu strampeln. Anders als sonst konnte sie an diesem Vormittag sogar den leichten Gegenwind und schweren Tritt des alten Klapprads genießen.

In Burhave angekommen bog sie in die Strandallee rechts ab, um dem Stallflohmarkt einen kurzen Besuch abzustatten. Das hatte sie in den vergangenen Tagen häufiger getan. Sie liebte es, in den Regalen zu stöbern und sich in längst vergangene Zeiten entführen zu lassen. Die vielen Kuriositäten erinnerten sie an die Wohnung ihrer Großeltern, deren Einrichtung ihre Mutter später zu großen Teilen übernommen hatte. Für einen kurzen Moment dachte sie an den Tod ihrer Mutter im vergangenen Jahr und die langjährige Pflege. Wie gut, dass Thomas als Frührentner die Zeit gehabt hatte, um sich wirklich aufopferungsvoll um sie zu kümmern. Sie wusste nicht, ob sie selbst die tägliche Versorgung und Betreuung so verantwortungsvoll und fürsorglich hätte übernehmen können. Nein, die Arbeit in der Bäckerei lag ihr mehr: unverbindliche Gespräche mit den Kunden, morgens meist belegte Brötchen für Schüler und Berufstätige, später die Einkäufe von Hausfrauen aus dem Viertel, mit denen man einen kurzen Plausch halten konnte. Trotzdem war sie froh, die Urlaubstage an der Nordsee genießen und endlich einmal ausschlafen zu können.

Auch an diesem Morgen wurde sie mit einem kurzen ‚Moin' im Stallflohmarkt begrüßt. Sie war die erste Kundin und liebäugelte bereits seit Tagen mit dem Kauf einer Marionette. Heute musste es einfach sein. Nach diesem schrägen Start in den Tag, ihrer Auseinandersetzung mit Thomas, musste sie sich unbedingt etwas gönnen. Wie kunstvoll der Holzkopf der Puppe geschnitzt war! Das schwarze Samtcape und der überdimensionale Zaubererhut weckten in ihr Erinnerungen an die Märchen ihrer Kindheit. Diese Marionette musste sie einfach haben, unbedingt. Und im heimischen Wohnzimmer würde sie bestimmt eine gute Figur abgeben.

Nachdem sie gezahlt und den Laden verlassen hatte, stutzte sie. In ihrem Fahrradkörbchen befanden sich nur noch ihr Badehandtuch und der Badeanzug. Die Tüte mit dem Proviant fehlte. Sie blickte nach rechts und links, konnte aber nichts Auffälliges entdecken. Es waren meist Familien mit Kindern, die auf dem Weg zum Strand unterwegs waren. Schulterzuckend stieg sie auf ihr Fahrrad und fuhr die wenigen Meter bis zum Strand. Nachdem sie sich auf der Wiese einen Liegeplatz gesucht hatte, zog sie sich schnell zum Schwimmen um.

Es kostete sie – wie so oft – Überwindung, vor den ersten

Schwimmzügen über den bräunlichen Wattboden zu laufen. Der warme Untergrund war glitschig, und sie musste aufpassen, dass sie nicht ausrutschte. ‚Alles nur Matsch oder Watt', das hatte sie noch vor kurzem auf einem Plakat gelesen, auf dem die Touristeninformation für eine Informationsveranstaltung zum Thema ‚Weltnaturerbe 2010' geworben hatte. Berühmtheit hin oder her, der modrige Untergrund hatte irgendwie etwas Unbehagliches und war jedes Mal gewöhnungsbedürftig. Das Wasser war dafür heute herrlich. Um diese Uhrzeit waren noch nicht allzu viele Menschen am Strand. Christiane Schuhmacher schwamm weit hinaus und genoss die Stille und Weite der Meereslandschaft. Sie liebte es, auf dem Rücken zu liegen und sich von dem salzigen Wasser tragen zu lassen.

Während sie das Blau des kaum bewölkten Himmels beobachtete, ließ sie ihren Gedanken freien Lauf. Von diesem Urlaub hatte sie sich eigentlich eine Besserung ihrer Beziehung zu Thomas erhofft, aber er machte es ihr nicht leicht. Ständig schien er sich in seine eigene Welt zurückzuziehen, zu der sie keinen Zugang hatte. Nun gut, dann musste sie eben kurzfristig umdisponieren und alleine ihre Ausflüge planen. Nach Tossens und Eckwarderhörne wollte sie unbedingt, dort sollte die Wasserqualität noch viel besser als in Burhave sein. Heute Nachmittag würde sie auf jeden Fall eine erste größere Radtour wagen, dazu konnte sich Thomas in seiner Lethargie bestimmt nicht aufraffen. Pech für ihn, sollte er doch vor seinen Katalogen versauern.

Nach dem ausgiebigen Schwimmen und ihrem Sonnenbad war Christiane hungrig geworden. Ehe sie zurück auf den Campingplatz fuhr, gönnte sie sich an der ‚Fisch-Insel' noch ein Matjes- und ein Lachsbrötchen. Für die Radtour am Nachmittag brauchte sie unbedingt eine Stärkung, zumal sie das gemeinsame Mittagessen heute bewusst ausfallen lassen wollte. Während sie aß, beobachtete sie das Geschehen um sich herum. Familien und Rentner schienen die größten Gruppen hier zu sein, das flache Wasser bedeutete für die Kinder eben keine Gefahr.

Wehmütig erinnerte sie sich an die Zeit, als ihre Söhne noch klein gewesen waren. Sie hatten viele schöne Urlaube miteinander verbracht, in den Bergen und am Meer. Den alten Wohnwagen durfte Thomas auf gar keinen Fall verkaufen oder verschrotten lassen, er war ein Teil ihrer gemeinsamen Geschichte. Allerdings ahnte Christiane bereits, dass sie damit den nächsten Streit auslösen würde.

Die Auseinandersetzung auf dem Campingplatz verlief tatsächlich heftiger als sie es befürchtet hatte. Thomas reagierte äußerst ungehalten und schien sich heute über jede Lappalie aufregen zu müssen. Erst kritisierte er den Kauf der vermeintlich kitschigen Marionette, dann schimpfte er lautstark über die Tatsache, dass seine Frau sich hatte bestehlen lassen.

„Wo leben wir eigentlich? Ich dachte, wir sind hier in einem kleinen und beschaulichen Ferienort. Hattest du wenigstens dein Fahrrad abgeschlossen?"

Christiane verneinte. Was sollte schon jemand mit einem alten Klapprad ohne Schaltung anfangen können?

„Wer weiß? Immerhin scheint hier jede Menge kriminelle Energie zu sein. Du musst in Zukunft eben besser auf deine Sachen aufpassen. Nicht, dass dir nicht auch noch die Handtasche mit den Papieren abhanden kommt! Das hatten wir ja schon mehrmals."

Unruhig trommelte Thomas Schuhmacher mit den Fingern auf der Lehne des Campingstuhls herum. Christiane Schuhmacher zog es angesichts der angespannten Stimmung vor, das Gespräch zu beenden. Sie hängte rasch die nassen Badesachen über die Wäscheleine und verzichtete heute freiwillig auf den Mittagsschlaf in ihrem Liegestuhl. Nein, ihr Mann war heute wirklich mit dem falschen Bein aufgestanden, so reizbar hatte sie ihn lange nicht erlebt. Schweigsam und mit zusammengepressten Lippen verstaute sie ihr Buch, eine Packung Kekse und den Apfelsaft in ihrem Rucksack.

„Darf man wenigstens erfahren, wohin die Reise gehen soll?" Christiane Schuhmacher zögerte einen Augenblick, ehe sie antwortete.

„Einfach nur weg! Es tut mir leid, aber ich finde dich heute einfach unausstehlich. Und wenn du dir selbst im Weg stehst, musst du das nicht an mir auslassen. Es reicht!"

Sie nahm ihr Klapprad und fuhr so schnell sie konnte davon.

II.

Trotz des achtstündigen Bürotages war Andreas Wolf bestens gelaunt. Die neuen Nordenhamer Kollegen hatten ihn wohlwollend begrüßt und bereits mit den wichtigsten Gepflogenheiten der Dienststelle und der Stadt vertraut gemacht. Das Vorurteil von den zugeknöpften Norddeutschen, die Zugezogene mit Argwohn betrachteten und auf Distanz hielten, konnte er nach seinem ersten Diensttag jedenfalls nicht bestätigen.

Nur mit der sprachlichen Verständigung haperte es manchmal, wenn jemand in den tiefsten norddeutschen Dialekt verfiel. Wer kannte schon Wörter wie Betclock (Klatschweib) oder Demellack (Dummkopf)? Und an das zu jeder Tageszeit gesprochene ‚Moin' musste er sich auch noch gewöhnen.

Dafür waren die Arbeitsbedingungen in dem zur Polizeiinspektion Cuxhaven-Wesermarsch gehörenden Polizeikommissariat deutlich besser als in Köln. Hier hatte man es überwiegend mit Sachbeschädigungen, Körperverletzungen - teilweise infolge von Alkoholeinfluss - und jeder Menge Verkehrsdelikte zu tun. Die Welt schien alles in allem noch in Ordnung zu sein. Wie es jetzt wohl seinem Tauschpartner in Köln erging, der sich garantiert demnächst mit Drogengeschichten, Kindesverwahrlosung, Misshandlungen, Vergewaltigungen und einer nicht zu unterschätzenden Jugendkriminalität auseinandersetzen musste? Wie er den Wechsel von der beschaulichen Wesermarsch in die Großstadt wohl verkraftete? Andreas Wolf konnte und wollte es gar nicht so genau wissen.

Zugegeben, er selbst wäre auch lieber in eine größere Stadt wie Cuxhaven oder Emden gegangen, aber er war verdammt froh, dass der Wechsel mit dem niedersächsischen Kollegen überhaupt geklappt hatte. Seiner Tochter Julia, deren Asthmaerkrankung sich in den letzten beiden Jahren deutlich verschlimmert hatte, würde die dauerhafte Luftveränderung bestimmt gut tun. Das hatten ja schon die Urlaube an der Nordsee und ihr Kuraufenthalt im vergangenen Herbst gezeigt.

Andreas Wolf blickte sich um. Mit ihm an Bord waren zahlreiche Touristen, von denen viele mit dem Fahrrad unterwegs waren, um die untere Weserlandschaft zu erkunden. Direkt neben ihm studierte eine Gruppe junger Männer den Stadtplan Bremerhavens. Andreas Wolf schloss die Augen und versuchte, sich ganz dem Sonnenlicht und dem leichten Schaukeln der Weserfähre hinzugeben. In diesem Moment fühlte er sich selbst als Urlauber, der auf dem Weg zu neuen Ufern war. Ein schönes Gefühl, das leider viel zu schnell vorbei ging. Zwölf Minuten dauerte die Überfahrt von Blexen nach Bremerhaven, dann stand ihm nach einem kurzen Fußweg von zwanzig Minuten die weitere Renovierung der neuen Wohnung bevor. Heute war das Wohnzimmer an der Reihe, das auf Wunsch seiner Frau in einem zarten Lachston gestrichen werden sollte. Ihm grauste es vor den hohen Altbauwänden, die ein zügiges Vorankommen erschwerten. Gestern Abend hatte er stundenlang mit der Stuckdecke gekämpft, was ihn sein verkrampfter Nacken noch heute spüren ließ.

Die Fähre drosselte bei der Einfahrt in den Hafen ihr Tempo, Andreas Wolf schnappte Gesprächsfetzen der Radlergruppe neben sich auf. Offensichtlich plante man für den morgigen Tag den Besuch des Atlanticums, einem riesigen Salzwasseraquarium, die Besichtigung des Museumsschiffs ‚Gera' und wollte den Abend bei einem Fischessen in der ehemaligen Fischpackhalle IV ausklingen lassen. Noch während die Fähre am Kai anlegte, entschied Andreas Wolf sich spontan um. Nein, er würde heute bei diesem schönen Wetter nicht das Wohnzimmer streichen, sondern eine Renovierungspause einlegen. Sein Nacken würde es ihm danken und außerdem wollte er seine neue Heimat möglichst bald kennen lernen.

Er sollte es nicht bereuen. Der Fischereihafen der Seestadt begeisterte mit seinem maritimen Flair. Nachdem er sich interessiert die Fischverarbeitung und speziell die Räucherung angesehen hatte, konnte er dem Kauf eines Aals und einer Schillerlocke nicht widerstehen. Trotzdem beschloss er, sich in einem der kleinen Fischrestaurants niederzulassen und die kalte Küche auf den morgigen Tag zu verschieben. Das Fischrestaurant ‚Fiedlers Aalkate' am Ende der historischen Packhalle IV sprach ihn sofort an, ebenso der Spezialitätenteller des Hauses mit geräuchertem Aalfilet, Stremellachsröllchen mit Frischkäsefüllung, Räucherlachs, hausgemachtem Räucherfischtrüffel und verschiedenen Krustentieren. Von dort aus beobachtete er das Treiben in dem gut besuchten Fischereihafen. Touristen jeden Alters bevölkerten den Platz, kauften Fisch und Souvenirs, zahlreiche sprachen holländisch. Er war sich sicher, dass es seiner Frau Ilona hier gefallen würde.

Der Reiseführer hatte nicht zu viel versprochen. Bremerhaven war überhaupt nicht mehr die zerbombte Stadt, die man nach dem Zweiten Weltkrieg in Windeseile wieder aufgebaut hatte und die durch sinkende Einwohnerzahlen fast auszusterben drohte. In den letzten zehn Jahren hatte sich hier wirklich eine Menge getan: die Verschönerung des Fischerei- und Museumshafens, der Ausbau der Fußgängerzone, die Modernisierung des Zoos, der Bau des Auswanderer- und Klimahauses, wahrscheinlich gab es noch viel mehr zu entdecken. Die Stadt konnte sich sehen lassen, aufwändig und maritim saniert, ohne dabei ihre Bodenständigkeit als Arbeiterstadt eingebüßt zu haben. Ilona würde sich trotz ihrer anfänglichen Bedenken hier wohl fühlen. Sie und die Kinder fehlten ihm und Andreas Wolf freute sich, dass der reguläre Umzug schon nächste Woche mit dem Beginn der Sommerferien in Nordrhein-Westfalen stattfinden sollte.

Hoffentlich würden sich auch die Kinder hier rasch einleben und mit dem Schulwechsel klar kommen. Für Julia würde es sicher einfacher werden. Sie musste jetzt nach der vierten Klasse ohnehin auf das Gymnasium wechseln, aber bei dem vierzehnjährigen Jochen war wieder einmal die Versetzung gefährdet. Der Junge war einfach faul, da gab es nichts zu beschönigen. Was Jochen nicht interessierte, blieb links liegen. Anstatt für die nächste Latein- oder Englischarbeit zu lernen, beschäftigte er sich ausgiebig mit den Testfragen für den bevorstehenden Mofa-Führerschein. Man konnte nur hoffen, dass sein Lateinlehrer ein letztes Mal Gnade walten ließ. Der Kriminalbeamte musste schmunzeln. Zum einen war er selbst auch nicht gerade der strebsamste Schüler gewesen, zum anderen rechnete Jochen jetzt mit deutlich besseren Schulleistungen, nachdem er gehört hatte, dass das Schulsystem in Bremen deutlich niedrigere Leistungsstandards als das in Nordrhein-Westfalen zugrunde legte. Die Presse hatte erst letzten Monat ausführlich darüber berichtet. Trotzdem konnte der Kommissar für seinen Sohn nur hoffen, dass dem wirklich so war.

Tja, und dann war da noch Jakob, den sie wegen seines Studienplatzes in Köln zurücklassen mussten, der ‚verlorene' Sohn. Ein bitterer Wermutstropfen, aber Erziehung bedeutete eben auch,

Kinder irgendwann loszulassen, sie in die Selbstständigkeit zu entlassen.

Andreas Wolf atmete tief durch und versuchte seine Wehmut zu vertreiben. Dann wählte er mit seinem Handy die vertraute Kölner Telefonnummer. Vergebens, es meldete sich lediglich der Anrufbeantworter. Die Kinder waren zu dieser Tageszeit wahrscheinlich noch unterwegs und Ilona hatte heute ihren letzten Arbeitstag. Er überlegte einen Moment, ob er Jochen oder Jakob eine SMS schicken sollte, entschied sich dann aber dagegen. Er wollte nicht als der überfürsorgliche Vater auftreten, der seine Kinder ständig kontrollierte, was nach Aussage seines jüngeren Sprösslings manchmal richtig peinlich war. Er steckte das Handy wieder in die Hosentasche und nippte an seiner Weinschorle. Allmählich spürte er die Anstrengung und Anspannung der letzten Tage und entschied, unverzüglich nach dem Essen zu Fuß nach Hause zu gehen.

Die Bewegung nach dem opulenten und äußerst delikaten Spezialitätenteller sollte ihm gut tun. Er genoss es, durch die lange Bürgermeister-Smidt-Straße zu laufen. Obwohl die Geschäfte in der Fußgängerzone längst geschlossen hatten, wirkte dieser Teil der Innenstadt alles andere als unbelebt. Hier und da saßen Grüppchen von Menschen zusammen, zahlreiche Radfahrer und Spaziergänger waren unterwegs. Die Bänder bunter Nationalflaggen, die über die Einkaufsmeile gespannt worden waren, erinnerten an die WM und belebten das Straßenbild auf ihre Art.

In der Altbauwohnung auf der unteren Bürgermeister-Smidt-Straße räumte Andreas Wolf halbherzig einige leere Pizzakartons beiseite und klebte den Tür- und Fensterrahmen sowie die Fußleisten des geräumigen Wohnzimmers mit Kreppband ab. Alles andere musste bis morgen warten. Heute Abend wollte er nur noch kurz mit Ilona telefonieren, um in Erfahrung zu bringen, wie ihr letzter Arbeitstag in Köln verlaufen war. Er war froh, dass er sie dieses Mal telefonisch erreichte.

„Stell dir vor, was sie mir zum Abschied geschenkt haben: Gummistiefel, einen Ostfriesennerz und eine Angel. Sonnencreme und Badesachen wären mir lieber gewesen."

Ilona und Andreas mussten lachen.

„Okay, dann können wir uns die Einkäufe im Fischereihafen in Zukunft ja sparen, obwohl ich sagen muss, dass die Preise dort sehr zivil sind und der Fisch tatsächlich frisch ist. Ich kann ja schon mal die Wattwürmer besorgen. Dann kannst du nächste Woche gleich mit dem Angeln loslegen."

„Untersteh dich! Belassen wir es erst einmal bei dem lachsfarbenen Anstrich im Wohnzimmer. Und sieh zu, dass du mit den Renovierungsarbeiten zügig vorankommst. Ich habe keine Lust, auf eine Baustelle zu ziehen."

„Et kütt, wie et kütt (Es kommt, wie es kommt)! So sagt man doch im Rheinland. Nein, Scherz beiseite, ich gelobe Besserung. Gibst du mir mal die Kinder?"

„Tut mir leid, Julia übernachtet bei einer Freundin und Jochen ist noch nicht zu Hause. Vielleicht hast du morgen mehr Glück, die beiden müssen nämlich allmählich anfangen, ihre Sachen für den Umzug zu packen. Und vor allem ausmisten, aber da stoße ich immer wieder auf taube Ohren."

„Hmh, gestern und vorgestern habe ich sie auch schon nicht erreicht. Na ja, Gruß an alle, auch an Jakob, falls du mit ihm telefonieren solltest."

Andreas Wolf fiel an diesem Abend in einen tiefen Schlaf. Er träumte davon, sein neues Dienstgebäude in Nordenham, einen großen vierstöckigen Backsteinbau, alleine streichen zu müssen, natürlich lachsfarben.

III.

„Wo sollen wir uns denn hinlegen?"

Der Blick von Clarissa Engelbrecht wanderte über die fast zwei Hektar große ffn-Nordseelagune mit den vielen Strandkörben und dem weltweit ersten Meerwasser-Badesee. Die Anlage hatte erst vor wenigen Minuten geöffnet, so dass sie freie Auswahl hatten.

„In die VIP-Lounge, alles andere wäre doch unter unserem Niveau, oder?"

Marten Meyer grinste und las vor: ‚VIP-Tag für zwei Personen in der ffn-Nordseelagune für neunundsechzig Euro, VIP-Lounge, gesonderter Strandabschnitt, Strandkörbe im XXL-Format mit integriertem Kühlschrank, all-inclusive Gastronomieangebot ganztägig, zwei Mittagessen, zwei Kännchen Kaffee, zwei Kuchen, zwei Eisbecher, zehn Softgetränke, Bier, Alster'.

„Sorry, aber dafür reicht mein Budget leider nicht."

Er steckte sein fast leeres Portemonnaie wieder in die Hosentasche. Mit einem Kopfnicken deutete er in Richtung seiner Lieblingsstelle: das hintere Ende in der Raucherzone, weit weg von Spielplatz und Nichtschwimmerbereich.

Schweigend folgte Clarissa dem Sechzehnjährigen, den sie erst vor kurzem kennen gelernt hatte, als sie ihren Vater im Krankenhaus von der Arbeit abholen wollte. Viel wusste sie nicht über ihn. Er hieß Marten Meyer, wohnte in Einswarden, war begeisterter Werder Bremen-Fan und besuchte die Schule ‚Am Luisenhof'. Gesprächig war er bis jetzt nicht gerade gewesen, dafür sah er mit seinen dunklen Haaren, den grünen Augen und seiner sportlichen Figur verdammt gut aus. Ihre Freundinnen Judith, Marie und Anna beneideten sie schon jetzt. Dummerweise war Marten weder bei SchülerVZ noch bei StudiVZ oder Facebook registriert, weshalb sie bis jetzt nur wenige Informationen über ihn herausgefunden hatte. Er ließ sich lediglich über den Sportverein HSG Blexer TB/SV Nordenham googlen, anscheinend hatte er eine Zeit lang Handball gespielt. Doch diese Einträge waren schon älter. Und ihren Vater hatte sie nicht fragen wollen.

Die Zwei fanden einen ruhigen Platz auf der Liegewiese, weit weg von möglichem Trubel. Clarissa breitete ihr riesiges Strandlaken aus und versuchte, möglichst cool zu wirken.

„Wieso gerade hier?"

„Weil es bei dieser Hitze in den nächsten Stunden überall verdammt voll werden wird."

Clarissa nickte, zog ihr T-Shirt und ihre Shorts aus und legte sich in die Sonne. Marten tat es ihr nach. Er war überrascht, wie zierlich das Mädchen mit den langen blonden Haaren gebaut war, ein klassischer Modeltyp. Auf ihren Vater schien sie jedenfalls nicht zu kommen, das war klar. Das Gespräch zwischen den beiden Jugendlichen lief schleppend an. Auf Nachfrage erfuhr der Junge, dass Clarissa in wenigen Tagen mit ihren Eltern nach Griechenland fliegen würde, worüber sie sich aber wenig zu freuen schien. Ihre Mutter hatte früher eine Zeit lang Archäologie studiert, sie interessierte sich immer noch brennend für antike Ausgrabungen. Und ihr Vater würde sicherlich auch in diesem Urlaub von ihr Interesse für die vielen Sehenswürdigkeiten erwarten. Dabei war Geschichte eines ihrer Hassfächer. Und außerdem würde sie dann Ramona, ihre zehnjährige Stute, drei Wochen lang nicht sehen können. Und natürlich auch Marten, aber das behielt sie lieber für sich.

„Hmh, Griechenland muss doch krass sein, weite Badestrände, kein Wattenmeer und immer Sonne. Sei doch froh, dass du hier mal raus kommst. Wo soll's denn hingehn?"

„Nach Kreta. Schön ist es da bestimmt, aber eben nicht mit meinen Eltern. Nun ja, wenigstens hat das Hotel vier Sterne, einen riesigen Pool und einen Tennisplatz. Trotzdem würde ich das Endspiel lieber hier in Deutschland sehen. Aber dummerweise fliegen wir schon am Freitag."

Marten schwieg. Er würde, wie in jedem Jahr, nicht verreisen, sondern auch den Rest der Ferien zu Hause verbringen und endlich anfangen müssen, den versäumten Schulstoff aufzuholen. Und dann standen da noch verschiedene Nachuntersuchungen an.

„Sag mal, ist dein Vater eigentlich ein guter Arzt?"

„Ist das der Grund, warum du mich treffen wolltest?"

Clarissa fixierte ihr Gegenüber genau. Marten errötete und widersprach.

„Nein", druckste er herum, er habe sie im Krankenhaus angesprochen, weil sie ihm auf den ersten Blick sympathisch gewesen sei. Er schwöre das und berührte wie zufällig ihren Arm. Um seine Unsicherheit zu überspielen, bot er Clarissa ein Brötchen an. Sie lehnte ab und fragte nach dem Grund für seinen Krankenhausaufenthalt. Marten konnte und wollte nicht glauben, dass sie ihren Vater nicht schon längst mit Fragen bombardiert hatte. Zögerlich begann er, von seiner Krebserkrankung zu erzählen: ein so genannter Wilmstumor, wahrscheinlich irgendwie vererbt; dass dieser Nierenkrebs gewöhnlich nur bei Säuglingen und Kleinkindern auftrat, verschwieg er. Fast ein Kilo habe das Teil gewogen, als man es entdeckt habe, so dass vor der Operation erst einmal eine Chemotherapie notwendig gewesen sei, um die Größe des Tumors zu verringern. Die sich daran anschließende Bestrahlung habe bis zu den Sommerferien gedauert, aber jetzt gehe es ihm schon wieder viel besser, zumindest vorübergehend. Eine Zeit lang schwiegen beide.

„Und deshalb ernährst du dich jetzt auch so gesund?“
Clarissa zeigte auf das Vollkornbrötchen und den Saft aus biologischem Anbau.

Marten zuckte mit den Schultern.
„Wenn du es so sehen willst.“
Er reichte ihr den Saft, den sie dankend annahm. Die Sonne brannte bereits auf ihrer Haut, sie musste sich unbedingt eincremen. Für einen Moment überlegte sie, ob sie Marten darum bitten sollte, verwarf den Gedanken aber wieder.

„Jedenfalls ist das ein geiles Urlaubs-Feeling hier, das kann ich nach diesen Krankenhausaufenthalten echt genießen. Die Leute sind gut drauf, lachen, genießen das Leben und den Sommer.“
Dass er schon oft davon überzeugt gewesen war, das alles nicht mehr miterleben zu können, musste er Clarissa ja nicht unbedingt auf die Nase binden.

„Am Samstag nach dem Fußballspiel war in der Innenstadt ja jede Menge los. Knapp tausend Fans sollen unseren Sieg gegen Argentinien in der Innenstadt gefeiert haben. Ich hab das Spiel in der Stadthalle Friedeburg gesehen. Die Stimmung war bombastisch, das war ja auch allerbester Fußball. Allerdings haben sich so ein paar Idioten die Kante gegeben und mussten gleich wieder randalieren. Sollen wir uns, ähm, das Halbfinalspiel gegen Spanien am Mittwoch dort vielleicht gemeinsam ansehen?“

Clarissa errötete. Sie wusste schon jetzt, dass ihre Mutter das nie im Leben erlauben würde. Sie hatte sich schon aufgeregt, weil die Polizei am Samstag nach dem Spiel bei dem Autokorso eingreifen musste. Außerdem kursierte das Gerücht, dass es in der Friedeburghalle zu heftigem Vandalismus gekommen sei. Und leider durfte sie abends ohnehin nie länger als bis neun Uhr weg. Nein, es half nichts. Sie musste Martens Vorschlag schweren Herzens ablehnen. Den Grund musste er aber nicht unbedingt erfahren.

„Ähm, ich kann leider nicht“, druckste sie herum, „wir bekommen Besuch. Aber es ist doch irre, dass diese Krake Paul aus Oberhausen jedes Spiel richtig tippt. Findest du nicht?“

„Ganz ehrlich, ich halte das alles für totalen Quatsch. Außerdem ist die Chance ja gerade einmal fünfzig zu fünfzig.“

„Trotzdem, ich bin gespannt, was Paul diese Woche prophezeien wird. Und außerdem ist dieses Wundertier schon ein richtiger

Medienstar geworden. Bei Twitter ist Paul in den Trendcharts auf Platz eins und auch bei Facebook hat er schon mega viele Fan-Seiten."

„Ich mag Calamari am liebsten frisch gegrillt und mit viel Zitrone."

„Marten, das kann doch nicht dein Ernst sein!"

„Mensch Clarissa, das war ein Scherz, okay?"

„Das will ich hoffen, ich bin nämlich eingefleischte Vegetarierin. Mir tun die Tiere einfach unheimlich Leid. Ich kann echt nicht verstehen, dass es Leute gibt, die sogar Pferde- oder Eselfleisch essen. Und die Lammwochen hier im August finde ich auch ekelig. Findest du nicht?"

„Ähm, irgendwie schon, aber auf Currywurst oder so ein Grillsteak würde ich dauerhaft nicht verzichten wollen."

Die beiden Jugendlichen schwiegen.

„Habe ich dir eigentlich schon von dem Titan-Reitturnier am Wochenende in Blexen erzählt?"

Marten schüttelte den Kopf. Er interessierte sich weder für Pferde noch für Dressur- und Springturniere.

„Trotz der Hitze haben sechshundert Teilnehmer mitgemacht. Das Stafettenspringen musste aber leider ausfallen. Das wäre für die Tiere zu viel Stress gewesen."

„Stafettenspringen?"

„Ja, beim Stafettenspringen reiten zwei Reiter den Parcours gemeinsam ab und springen abwechselnd. Entscheidend ist, in welcher Zeit ihnen das gelingt, und wegen der hohen Temperaturen haben eben viele ihre Startanmeldung zurückgezogen. Das war schon vernünftig so."

„Bist du auch geritten?"

„Ja."

„Und?"

Clarissa murmelte etwas vom dritten Platz in ihrer Leistungsklasse, mit dem sie nicht zufrieden zu sein schien. Ramona habe extrem unter der Hitze gelitten.

„Mensch, der dritte Platz, das ist doch super. Ich kann echt nicht verstehen, dass du dich nicht freust."

Clarissa schluckte und versuchte, sich nicht zu genau an die bittere Enttäuschung am Samstag zu erinnern. Das einsetzende Schweigen war beklemmend.

„Wusstest du eigentlich, dass es in erster Linie die Miesmuscheln sind, die hier für die Wasserqualität verantwortlich sind?“ Clarissa schüttelte den Kopf und Marten war froh, das Thema wechseln zu können. Letztes Jahr habe er seine Biofacharbeit über die Lagune geschrieben, ein weltweites Pilotprojekt. Um die Wasserqualität sichern zu können, gebe es hier einen ständigen Wasserkreislauf. Also werde das Wasser erst in eine Biotopzone geleitet, danach würden die größeren Schwimmteile durch eine so genannte Tauchwand isoliert. Anschließend fließe das Wasser durch Netze, in denen Makroalgen die Nährstoffe binden und schließlich durch Körbe mit insgesamt vierhundert Kilogramm Miesmuscheln.

„Interessiert dich das überhaupt?“
Clarissa Engelbrecht griff gezwungenermaßen zu einer Notlüge. „Wieso sind die Muscheln so wichtig?“

„Sie öffnen ihre Schalen und fressen das Plankton, also die Kiesel- und Grünalgen. Später fließt das Wasser dann in so genannte Bodenfilterbecken, wo es durch einen Kies-Sand-Filter weitergeleitet und mit Hilfe von Mikroorganismen weiter gereinigt wird. Das Irre ist, dass das alles ganz neu ist und auch nicht immer ohne Probleme abgeht. Clarissa, schläfst du?“

„Nein, ich höre dir zu, ich bin heute irgendwie verdammt müde. Habe gestern wahrscheinlich zu lange gechattet.“
Schweigend kaute Marten auf seinem Brötchen herum. Er wusste nicht, wie er das Gespräch fortsetzen sollte.

„Gibst du mir mal den Saft?“
Nachdem er den letzten Rest getrunken und vergeblich versucht hatte, die leere Tetrapackung mit einem elegant angetäuschten Korbball in den Mülleimer zu entsorgen, setzte er sich wieder neben Clarissa.

„Knapp vorbei ist auch daneben“, kommentierte er scherzhaft seinen Fehlversuch.

„Sollen wir eine Runde schwimmen gehen?“
„Lieber später. Hast du Lust auf Musik? Ich habe meinen I-Pod dabei.“

Marten willigte ein, obwohl er von dem Musikgeschmack des Mädchens alles andere als begeistert war. Das Ganze hatte allerdings den Vorteil, dass er näher an Clarissa heranrutschen konnte. Außerdem war ihr schnulziger Kram in dieser Situation besser als der von ihm geliebte Rap. Clarissa reichte ihm einen Ohrstöpsel, dann dösten beide zaghaft Händchen haltend vor sich hin.

IV.

‚Arbeiten, wo andere Urlaub machen', nach diesem Motto hatte der Bademeister Martin Norden nach Abschluss seiner Ausbildung schon immer gelebt. Aus diesem Grund hatte er mehrere Jahre lang als Animateur auf den Kanarischen Inseln gelebt, bis es ihn im Frühjahr dieses Jahres wieder in Richtung Heimat verschlagen hatte. Seine Eltern wurden allmählich gebrechlich und es lag nun an ihm, den Garten und das Friesenhaus in Schuss zu halten und die wöchentlichen Einkäufe zu erledigen.

Mit seinem neuen Job in der Nordseelagune war Martin Norden mehr als zufrieden. Welcher im Badebereich Tätige hatte schon das Glück, direkt mitten in einem Nationalpark zu arbeiten, unmittelbar am Wattenmeer, dem zweitgrößten Ökosystem der Welt?

Die Organisation des Badebetriebs, das selbstständige Arbeiten und die Beaufsichtigung der Badegäste lagen ihm. Martin Norden hatte eine aufgeschlossene und kommunikative Art. Unter den Kollegen galt er als zuverlässig, freundlich und kundenorientiert. Wenn es darauf ankam, konnte er aber auch ein hohes Maß an Durchsetzungsvermögen und Überzeugungskraft an den Tag legen. Das war mitunter gerade bei den Jugendlichen nötig, die immer wieder ihre Grenzen auszuloten versuchten. Erst am Sonnabend hatte er eine Gruppe Fünfzehn- oder Sechzehnjähriger wieder in ihre Schranken weisen müssen.

Zum Glück waren die meisten Urlauber jedoch mehr oder weniger einsichtig und akzeptierten im Allgemeinen die von ihm aufgestellten Regeln. Bislang hatte es in dieser Saison glücklicherweise auch noch keine ernsthaften Notfälle gegeben. Martin Norden hatte zwar wenig Verständnis für die Badegäste, die am Abend die Lagune mit starkem Sonnenbrand verließen, aber ein Einmischen gehörte weiß Gott nicht zu seinen Aufgaben. Noch stärker konnte er sich über diejenigen Eltern ärgern, die ihre Kleinkinder stundenlang in der prallen Sonne spielen ließen. Zahlreiche Erwachsene setzen den Kleinen noch nicht einmal eine Mütze auf. Aber das kannte er bereits aus seiner Zeit als Animateur.

Es störte Martin Norden auch, dass einige Urlauber meinten, den von ihnen produzierten Müll nicht entsorgen zu müssen. An manchen Tagen dauerten die abendlichen Aufräumarbeiten verdammt lange und er war anfangs überrascht gewesen, wie viel Müll sie abends von den Wiesen einsammelten. Obgleich Aufräumen nicht gerade seine Lieblingsbeschäftigung war, unterstützte Martin Norden abends regelmäßig das Reinigungspersonal. Er wusste zwar nicht, ob das zu seinen originären Aufgaben gehörte, fühlte sich aber auch hierbei für den reibungslosen Ablauf in der Lagune mitverantwortlich. Sein Beruf erforderte eben viel Flexibilität und Verantwortungsbewusstsein, es galt nicht nur, in jeder Situation die Sicherheit der Badegäste sicherzustellen.

Nein, oft war er auch Ansprechpartner für alle möglichen Belange der Gäste. Er gab Ausflugstipps und fungierte oft als inoffizieller Schwimmlehrer. Um sich selber fit zu halten, absolvierte der sportliche Nordenhamer jeden Morgen regelmäßig ein spezielles Schwimmtraining. Es war herrlich, in den frühen Stunden die Nordseelagune für sich zu haben und dort allein seine Bahnen in dem noch kühlen Salzwasser zu ziehen.

Mit Stolz betrachtete Martin Norden auch an diesem Montagnachmittag seinen durchtrainierten und stark gebräunten Körper. Unweigerlich verglich er sich mit den vielen Urlaubern in seiner Altersgruppe, von denen viele allenfalls als vollschlank durchgingen. Er konnte nicht verstehen, dass Menschen sich so gehen lassen konnten. Während einige noch bemüht waren, ihre Schwachstellen möglichst geschickt zu kaschieren, rannten andere ungehemmt in viel zu engen Badesachen durch das weitläufige Gelände. Am schlimmsten war es für ihn, dass schon viele Kinder unter Übergewicht litten. Hatten denn die Eltern überhaupt kein Gefühl mehr dafür, was sie ihrem Nachwuchs damit antaten?

„Du, kann ich auch so einen Luftballon haben?"

Der blondhaarige Junge, der auf den blauen und roten Ballon in der Mitte der Lagune zeigte, riss Martin Norden aus seinen Gedanken heraus. Er schüttelte den Kopf.

„Nein, das geht leider nicht. Das sind nämlich ganz besondere Ballons. Sie sorgen dafür, dass die Vögel nicht das Badewasser hier schmutzig machen."

„Also Zauberballons?", fragte der Kleine mit leuchtenden Augen.
„In gewisser Hinsicht schon. Sie bewirken, dass sich die Seevögel einen anderen Ort zum Fliegen und Fressen aussuchen. Sieh mal, da vorne über dem Campingplatz kannst du verschiedene Möwen sehen, hier nicht."

„Magst du keine Vögel?"
„Doch, aber wenn sich zu viele hier niederlassen, kann man in der Lagune nicht mehr schwimmen. Und das willst du doch sicherlich auch nicht."

Der Junge schien einen Moment lang nachzudenken.
„Ist deshalb in der Nordsee so viel Matsche?"
Der Bademeister musste lachen. Dann erklärte er dem Jungen mit möglichst kindgemäßen Worten, dass das Watt überwiegend aus Sand und Schlick bestehe und dass dort zahlreiche Tiere lebten: Fische, Muscheln, Krebse und Krabben, Wattwürmer und zehn bis zwölf Millionen Wattvögel, Gänse, Enten und Möwen. Natürlich könne man auch dort schwimmen, aber wegen Flut und Ebbe gehe das eben nur zu bestimmten Tageszeiten.

„Ekelige Quallen gibt es da aber auch."
„Manchmal. Sag mal, wo sind eigentlich deine Eltern?"

Der Junge zeigte auf eine Frau, die etwas abseits stand.
„Gut, dann lauf mal wieder zu ihr und erzähl ihr, was du gerade dazu gelernt hast!"

„Mach ich, die wird staunen, wenn sie von den Zauberballons hört. Tschüss!"

Martin Norden blickte dem aufgeweckten Jungen nach und kontrollierte dann mit seinem Fernglas, ob in der Lagune alles in Ordnung war. Er konnte nichts Auffälliges erblicken und auch die Videoaufzeichnungen zeigten keinerlei Besonderheiten. ‚Zauberballons', der Begriff war irgendwie zutreffend. Dieses Frühjahr hatte man etwa vierzigtausend Euro in die Wartung der Nordseelagune stecken müssen. Da es weltweit kein vergleichbares Projekt gab, musste man ständig mit neuen Problemen bei der Aufrechterhaltung der Wasserqualität rechnen. Die beiden Ballons waren tatsächlich erst vor wenigen Monaten angebracht worden, um die Verunreinigung des Wassers zu bremsen. Bislang hielten die in dem milden Seewind fliegenden Zauberballons tatsächlich die Vögel ab, man konnte nur hoffen, dass bei diesen extrem hohen

Temperaturen keine neuen, andersartig bedingten Schwierigkeiten entstanden. Immerhin war Hochsaison und jeden Morgen strömten zahlreiche Touristen in die Lagune. An der Kasse bildeten sich regelmäßig Schlangen. In diesem Jahr waren sie besonders lang, hatten die Kollegen erzählt.

In Butjadingen und wohl auch schon in Bremerhaven waren alle Betten ausgebucht, Spontanurlauber mussten auf Nordenham und die südliche Wesermarsch ausweichen. Die ‚Nordrhein-Vandalen' würden mit dem Beginn ihrer Sommerferien erst nächste Woche einfallen und die Sail (größtes Windjammer-Treffen Europas, findet alle fünf Jahre in Bremerhaven statt) im August würde weitere Touristenströme anziehen. Deutschland hatte sich tatsächlich zum Reiseland Nummer eins entwickelt. Kein Wunder, die aktuelle Wirtschaftskrise zwang die meisten zum Sparen. Und ganz auf Urlaub wollte natürlich niemand verzichten, schon gar nicht bei der extremen Hitze seit einigen Wochen. Der Deutsche Wetterdienst in Offenbach berichtete seit Tagen nur noch von tropischen Nächten. Ventilatoren waren überall im Land die reinsten Verkaufsschlager.

Martin Norden sollte es Recht sein. Die vielen Touristen sicherten seinen Arbeitsplatz und er selbst konnte die ungewöhnlich heißen Tage nur genießen. Zwar musste er im Moment regelmäßig Überstunden machen, weil die Anlage bei dem schönen Wetter nicht um achtzehn, sondern erst um zwanzig Uhr schloss. Dafür fühlte er sich trotz seiner verantwortungsvollen Aufgabe als Bademeister irgendwie wie ein Urlauber. Die allgemeine Ferienstimmung und das vorherrschende Fußballfieber färbten mehr und mehr auf ihn ab.

Leise und gut gelaunt pfiff er die Melodie des Shakira WM-Songs ‚Waka Waka' vor sich hin und warf einen Blick in den Sportteil der heutigen Tageszeitung neben sich: die Fußball-Welt verneigte sich vor Löw und der Mannschaft mit dem modernsten Fußball, der das Schwere kinderleicht aussehen ließ. Die Stimmung auf den Fanmeilen im ganzen Land schien überzuschwappen, in Bremerhaven hatte es am Samstag den größten Autokorso gegeben, den die Stadt je gesehen hatte. Schon jetzt fieberte Martin Norden mit Millionen anderer Fans dem Ausgang des nächsten WM-Spiels am Mittwoch entgegen.

Der Nachmittag und frühe Abend waren wie so oft in den letzten Tagen wie im Flug vergangen und es war zwanzig vor acht, als der Bademeister seine abendliche Runde durch die Nordseelagune drehte. Er erreichte das hintere Ende des großzügigen Geländes und forderte die beiden Jugendlichen, die in der Abendsonne zu dösen schienen, auf, allmählich ihre Sachen zusammenzupacken. Immerhin schließe die Anlage gleich und – Verliebtheit hin oder her – morgen sei ja auch noch ein Tag. Seine Worte erreichten weder Marten Meyer noch Clarissa Engelbrecht.

„Hallo ihr Turteltauben, seid ihr schwerhörig? Es ist Schluss für heute. Aber ich kann euch beruhigen. Laut ffn erwartet euch morgen wieder ein sonniger Urlaubstag. Ist das nichts?"

Was sollte dieses Spielchen? Ärgerlich schüttelte Martin Norden den Jungen am Arm. Er reagierte nicht und auch das Mädchen zeigte auf sein jetzt heftiges Schütteln keine Reaktion.

Was war das? Er stieß die Teenager erneut an, immer stärker und stärker. Aber beide zeigten nicht die Spur einer Bewegung. Es dauerte einen Augenblick, bis Martin Norden registriert hatte, dass er über zwei leblosen Körpern stand. Er war entsetzt und wollte das alles nicht wahrhaben. Trotzdem versuchte er, ruhig zu bleiben, wohl wissend, dass er sich in dieser Ausnahmesituation zusammenreißen musste. Möglichst unauffällig sah er sich um. Er musste feststellen, ob andere Badegäste die Szene beobachtet hatten. Nein, hier im hinteren Teil war es zum Glück schon ziemlich leer, nur ein älteres Pärchen packte seine Badesachen zusammen. Die Familie daneben schien auch nichts bemerkt zu haben. Gleiches galt für die vielen Spaziergänger auf der Strandpromenade, die ihren abendlichen Spaziergang machten und den Sonnenuntergang über dem Wattenmeer miterleben wollten.

Schnellen Schrittes eilte der Bademeister in Richtung des DLRG-Häuschens, bemüht, nicht durch irgendwelche Auffälligkeiten Aufruhr auszulösen. Das Ganze war ungeheuerlich genug, kaum zu begreifen. Mit zitternden Händen wählte Martin Norden kurz darauf die 332. Er hoffte, dass er in der Polizeistation Burhave noch jemanden erreichen würde.

V.

Die Polizeistation Butjadingen hatte sich Thomas Schuhmacher anders vorgestellt. Ihn irritierte die Doppelhaushälfte aus den sechziger Jahren, ebenso das Cuxhavener Kennzeichen des grün-weißen Dienstwagens davor. Zögerlich betrat er das Gebäude in der Weserstraße. Kriminaloberkommissar Michael Scherer bemerkte seine Verwirrung und ließ sich, nachdem er sich kurz vorgestellt hatte, über den Grund aufklären.

Mit wenigen Worten erklärte er dem Urlauber, dass sowohl die hiesige Polizeistation als auch das Polizeikommissariat in Nordenham zu der Polizeiinspektion Cuxhaven-Wesermarsch gehörten. Die älteren Dienstfahrzeuge hatten noch das Cuxhavener Kennzeichen, die neueren silber-blauen Wagen waren in der Kreisstadt Brake zugelassen.

„Tja, und ein neues Dienstgebäude bekommen wir demnächst auch. Der Umzug ins Zentrum von Burhave soll Ende des Jahres erfolgen. Setzen Sie sich doch! Was kann ich für Sie tun?"
Michael Scherer beobachtete sein Gegenüber aufmerksam. Thomas Schuhmacher druckste herum. Er wusste nicht, wie er anfangen sollte.

„Ich bin ganz Ohr, nur keine Hemmungen", versuchte er seinen Besucher zu ermutigen.

„Entschuldigen Sie meine Nervosität, ich bin ganz durcheinander. Also, mein Name ist Schuhmacher, meine Frau und ich machen zur Zeit Urlaub auf dem Campingplatz in Fedderwardersiel. Und jetzt ist sie verschwunden, spurlos! Heute Mittag ist Christiane mit dem Fahrrad losgefahren, um eine Radtour zu machen. Seitdem habe ich sie nicht mehr gesehen."

Der Kriminaloberkommissar mit der Halbglatze räusperte sich. Dann versuchte er, den sichtlich aufgeregten Mann zu beruhigen. Es sei immerhin erst kurz vor halb acht, da müsse man sich noch keine Sorgen machen. Er zwinkerte und ergänzte scherzend, dass in Butjadingen allenfalls Kinder verloren gingen und dies meist nur für wenige Minuten. Und ein Unfall sei ihm heute nicht gemeldet worden.

„Im Krankenhaus Nordenham habe ich schon angerufen. Da ist sie nicht", unterbrach ihn Thomas Schuhmacher.

„Und über ihr Handy erreiche ich Christiane auch nicht. Das ist so gar nicht ihre Art. Ich mache mir ernsthaft Sorgen und deshalb will ich eine Vermisstenanzeige aufgeben."

Michael Scherer seufzte. Er ahnte bereits, dass sein Gegenüber mit den verschränkten Armen hartnäckig sein konnte. Dieser Mann würde sich nicht so einfach beruhigen lassen. Da bedurfte es viel Geduld. Mit verständnisvoller Stimme versuchte er, den Urlauber von seinem Vorhaben abzubringen. Immerhin sei seine Frau erst seit wenigen Stunden unterwegs, das sei für eine Vermisstenanzeige viel zu früh. Es könne bei einem Ausflug immer etwas dazwischen kommen, im Urlaub habe man zum Glück ein anderes, entspannteres Zeitgefühl. Möglicherweise sei sie irgendwo eingekehrt, habe einen Platten gehabt, sich verfahren oder sei schon längst wieder im Urlaubsdomizil.

Umsonst! Thomas Schuhmacher schüttelte energisch den Kopf und beugte sich nach vorne.

„Nein, ich bleibe dabei. Da muss irgendetwas passiert sein, denn über ihr Handy ist Christiane immer erreichbar, schon wegen der Kinder. Können oder wollen Sie mich nicht verstehen?"

Der Beamte fluchte innerlich. Warum mussten solche Dinge immer kurz vor Dienstschluss passieren? Er ahnte bereits, dass er zu der heutigen Generalprobe für die beiden Shanty-Chor-Auftritte am Wochenende zu spät kommen würde. Dabei mussten sie unbedingt noch die neuen ‚Short Drag Shantys' (Arbeiterlieder der Seeleute)[1]einüben, mit denen er sich so schwer tat. Die schnellen Wechsel mit der linken Hand auf dem Akkordeon beherrschte er immer noch nicht perfekt. Warum hatte er bloß in der letzten Zeit nicht intensiver geübt?

Diese Fußball-WM brachte seinen gesamten Alltag durcheinander. Seine Frau Carina hatte sich auch schon beschwert, dass er viel zu oft vor dem Fernseher sitze. Seit Mitte Juno gehe das schon so und irgendwie war er selbst erleichtert, dass der Spuk am Sonntag ein Ende haben sollte. Hoffentlich würde er nach dem Auftritt auf dem Großensieler Fischmarkt nicht zu spät nach Hause kommen und den Beginn des Endspiels verpassen. Normalerweise gönnte sich der Chor nach den Veranstaltungen noch das eine oder andere gemeinsame Bier. Andererseits würden wahrscheinlich alle das Finale sehen wollen. So oder so, bis zum Shanty-Chor-Festival und der Sail im August musste er die ‚Short Drag

Shantys' wirklich fehlerfrei spielen können. Und ab nächster Woche würde er auch endlich mit dem Aufbau des neuen Carports beginnen. Carina ärgerte sich zu Recht, dass das vor fünf Wochen angelieferte Holz immer noch unberührt im Vorgarten lag. Sein Besucher holte Michael Scherer in die Wirklichkeit zurück.

„Glauben Sie mir doch! Ich kenne Christiane seit über dreißig Jahren. Sie ist der zuverlässigste Mensch, den ich kenne."

„Das glaube ich Ihnen gerne, aber gestatten Sie mir eine direkte Frage, Herr Schuhmacher? Hatten Sie Streit oder warum haben Sie nicht gemeinsam diese Fahrradtour gemacht?"

Der aufgebrachte Urlauber stutzte. Sollte er dem Polizisten von der morgendlichen Auseinandersetzung erzählen? Unentschlossen spielte er mit dem Schlüsselbund in seiner Hand herum.

„Also Streit?", deutete der Kommissar das Schweigen.
Stockend berichtete Thomas Schuhmacher von der Streitigkeit am Morgen, bemüht, das Geschehen herunterzuspielen. Ja, es habe Meinungsverschiedenheiten wegen der gemeinsamen Urlaubsplanung gegeben. Aber als ernsthaften Streit könne man das wahrlich nicht bezeichnen, eher als kontroverse Diskussion oder einfachen Interessenkonflikt.

Michael Scherer hörte nickend zu, warf währenddessen jedoch einen heimlichen Blick auf seine Armbanduhr. Kurz nach halb acht, er wollte das Gespräch allmählich zu Ende bringen. Mit wenigen Worten fasste er den Sachverhalt zusammen und suchte nach neuen plausiblen Gründen für die Verspätung und Nichterreichbarkeit Frau Schuhmachers. Wahrscheinlich sei beides auf die morgendliche Auseinandersetzung zurückzuführen, vielleicht habe sie ihr Handy verloren oder der Akku sei schlichtweg leer.

„Es gibt viele Möglichkeiten, Herr Schuhmacher. Ich kenne Ihre Frau nicht, aber es ist ein häufig zu beobachtendes Phänomen, dass Menschen nach einem Streitgespräch gekränkt sind und infolgedessen bewusst Abstand suchen, um nachzudenken oder manchmal sicher auch, um bei dem anderen ein schlechtes Gewissen, Verunsicherung oder sogar Ängste hervorzurufen."

„Nein, ich bleibe dabei! Ich will jetzt endlich diese Vermisstenanzeige aufgeben. Ihre Spekulationen mögen auf die Allgemeinheit zutreffen, nicht aber auf Christiane und mich. Ich kenne meine Frau. Wie oft soll ich das denn wiederholen? Bitte, glauben Sie mir!"

„Herr Schuhmacher, ich verstehe Ihre Aufregung wirklich. Dennoch sind mir die Hände gebunden. Nach den geltenden Richtlinien kann ich zum gegenwärtigen Zeitpunkt keine Vermisstenanzeige aufnehmen. Ihre Frau ist erwachsen und nicht suizidgefährdet, soweit ich Sie verstanden habe. Es gibt keinerlei Hinweise für eine Gefahrensituation oder hilflose Lage Ihrer Frau. Und zum Glück deutet nichts auf ein Verbrechen hin."

„Ich werde mich über Sie beschweren!"

„Das ist Ihnen natürlich freigestellt, Herr Schuhmacher. Einen Moment bitte."

Der Kriminalkommissar war froh, als das Klingeln des Telefons dieses anstrengende und nicht enden wollende Gespräch unterbrach. Der Anlass jedoch erwies sich als katastrophal. Im ersten Moment glaubte er sich verhört zu haben. Zwei tote Jugendliche in der Nordseelagune, das konnte nicht sein.

Sofort verständigte er seine Kollegen im Nordenhamer Polizeikommissariat und vertröstete den verdutzten Herrn Schuhmacher auf den nächsten Tag. Wenn er bis zum morgigen Nachmittag nichts von seiner Frau gehört habe, werde er oder sein Kollege gerne die Anzeige aufnehmen, aber er sei davon überzeugt, dass dies nicht notwendig sei.

„Und jetzt entschuldigen Sie mich bitte, ich muss dringend weg!"

Nachdem der Urlauber notgedrungen die Dienststelle verlassen hatte, fuhr Michael Scherer die wenigen Meter bis zum Strand mit dem Streifenwagen.

VI.

Zum selben Zeitpunkt parkte Kriminalhauptkommissar Urs Hinrichsen seinen Wagen mitten in der so genannten Wisch unweit des Mitteldeiches. Normalerweise liebte er es, nach reinen Bürotagen in der Abendsonne vorbei an Wiesen, Sielen, zahlreichen Kühen, Schafen und Pferden zu joggen, aber bei den hohen Temperaturen musste er sich jedes Mal überwinden. Zu dieser Tageszeit war die Strecke menschenleer und es gab nur wenige Autofahrer, die um diese Uhrzeit die Abkürzung zwischen Tossens und

Nordenham nutzten.

Urs Hinrichsen war gespannt, wie es sich in den neuen Laufschuhen laufen würde. Die noch schneeweißen Schuhe mit dem dicken Gelpolster warteten förmlich darauf eingeweiht zu werden. Seine alten Schuhe waren bei dem Nordseelauf – einem achttägigen 80-Kilometer-Lauf an Sandstränden und durch das Watt – arg strapaziert worden und die nächste Herausforderung, der OLB-EON-Lauf, die größte Laufveranstaltung in der Wesermarsch, sollte schon in gut neun Wochen stattfinden. Es wurde Zeit, dass er wieder intensiver trainierte.

„Komm Gina, los geht's!"
Die hellbraune Mischlingshündin, die wegen ihres geringen Gewichts von den Nachbarn scherzhaft als ‚Golden Retriever für Arme' bezeichnet wurde, sprang aus dem silberfarbenen Opel Astra heraus. Auch sie schien Tage zu kennen, an denen sie mit mehr Elan die abendlichen Runden drehte.

„Los Mädchen, wir müssen ja keinen Halbmarathon bewältigen!"
Langsam trabte der Kriminalbeamte los, die Hündin tat es ihm nach. Schon nach wenigen hundert Metern spürte Urs Hinrichsen den Unterschied zu seinen verschlissenen Vorgängerschuhen. Er glaubte, über den Asphalt nur so zu federn und lief ohne jede größere Anstrengung. Qualität hatte eben ihren Preis und er war froh, in dem Sportgeschäft auf einen kompetenten Verkäufer gestoßen zu sein.

Urs Hinrichsen sah nach links über die weiten Felder. Er brauchte diesen Weitblick und hätte es sich nie vorstellen können, in den Bergen zu leben. Der leichte Abendwind, der durch die Reetgräser am Siel blies, ließ ihn schnell das Büro und die momentane Einbruchserie vergessen. In den vergangenen Wochen war es nicht nur in der Wesermarsch zu vermehrten Einbrüchen gekommen. Angesichts der überhitzten Wohnräume wurde insbesondere in den Abendstunden überall großzügig gelüftet, was für Einbrecher ein gefundenes Fressen war. Selbst gekippte Fenster waren für sie offene Fenster, die sich bereits in zwanzig Sekunden knacken ließen. Haus- und Wohnungsbesitzer schienen die Warnhinweise der Polizei allerdings nicht ernst zu nehmen.

Tja, und dann gab es natürlich viele Einheimische und Urlauber, die bei den hohen Temperaturen keinen Alkohol vertrugen und infolgedessen auffällig wurden. Dieser Sommer hatte es aber auch in sich. Das erste Halbjahr hatte weltweit Rekordtemperaturen beschert, der gesamte Erdball war 2010 so erhitzt wie nie zuvor seit Wetteraufzeichnung.

Gestern hatte er kurz mit seinem Zwillingsbruder telefoniert, der in der Landwirtschaft tätig war. Wie alle Bauern stöhnte dieser schon jetzt über mögliche Ernteeinbußen. Der Regenmangel setzte vor allem dem Weizen zu, aber auch die Maispflanzen, Kartoffeln und Zuckerrüben wuchsen verlangsamt. Die Erdbeeren wurden durch die Hitze weich, die Früchte mit den hellen Sonnenflecken ließen sich nicht mehr verkaufen. Massive Einbußen erwartete der Deutsche Raiffeisenverband insbesondere in Niedersachsen. Das Bellen von Gina beendete die Gedanken über das derzeitige Dauerhoch. Was war das? Jetzt sprang die Hündin doch tatsächlich in das Siel hinein. Das hatte Urs Hinrichsen noch nie erlebt.

„Gina, Fuß!"

Das ansonsten gehorsame Tier ließ sich nicht sehen.

„Gina, komm sofort her!"

Die Hündin reagierte nicht und war in dem hohen Reetgras allenfalls zu erahnen. Es dauerte seine Zeit, bis sich Urs Hinrichsen zu ihr durchgearbeitet hatte. Gina zerrte einen halb aufgeweichten Pappkarton aus dem Dickicht. Dann schlug sie erneut an.

„Aus!"

Dieses Mal blieb es um Urs Hinrichsen still. Er nahm den Schuhkarton hoch und entfernte die Kordel. Als er den Karton öffnete, traute er seinen Augen nicht. In ihm lagen drei kleine Kätzchen, die sich vor Schreck aneinander gekauert hatten und tonlos zu mauzen schienen. Intuitiv blickte sich der Kriminalhauptkommissar um, aber um ihn herum war es menschenleer.

„Fein Gina, das hast du gut gemacht."

Während er sich auf den Weg zu seinem Wagen machte, überlegte er, ob er in dem Tierheim noch jemanden erreichen würde. Es war mittlerweile halb neun, also würde seine Frau die Katzen morgen früh dort abgeben müssen.

Als er eine halbe Stunde später seinen Wagen in der Garage parkte, war Hilke gerade von ihrem Ausflug mit den Landfrauen zurück. Der Anblick der niedlichen kleinen Katzen weckte sofort Muttergefühle in ihr. Während Urs Hinrichsen sich immer noch über diese Tierquälerei aufregte, hatte sie in Windeseile ein provisorisches Zuhause für die Kätzchen geschaffen.

„Aber doch nicht in der Küche! Nie im Leben sind sie stubenrein. Und nicht das gute Kissen", protestierte ihr Mann.

„Du kannst sie ja wohl kaum in der Garage übernachten lassen. Und über die Fliesen kann ich morgen früh schnell wischen. Lass das nur meine Sorge sein."

Hilke Hinrichsen stellte einen Teller mit verdünnter Milch auf den Boden.

„Davon bekommen sie garantiert Durchfall."

„Und wenn? Das werden sie schon überleben. Morgen früh besorge ich als erstes Katzenfutter. Kümmere du dich lieber um Gina, die jault ja unerträglich im Wohnzimmer."

Mit schüttelndem Kopf verließ Urs Hinrichsen die Küche. Frauen, manchmal konnten sie wirklich unvernünftig und überfürsorglich sein. Er konnte nur hoffen, dass Hilke die Tiere morgen tatsächlich im Tierheim abgeben würde.

Nachdem er geduscht und es sich zusammen mit Gina auf der Terrasse bequem gemacht hatte, erschien endlich Hilke.

„Wir müssen ihnen noch Namen geben. Was hältst du von Panther, Tiger und Co.?"

„Wieso Namen? Hilke, damit das klar ist: Ich will keine weiteren Haustiere."

„Ach Urs, jetzt sei doch nicht so! Doch nur, bis sie so groß sind, dass man sie mit gutem Gewissen abgeben kann. Bitte!"

Urs Hinrichsen zögerte einen Augenblick.

„Also gut, wenn es denn unbedingt sein muss. Aber eines musst du mir versprechen. Morgen gehst du mit den Katzen unbedingt zum Tierarzt. Ich will sicher sein, dass sie entwurmt werden, allein wegen Gina. Und du kümmerst dich um alles. Versprochen?"

Hilke Hinrichsen nickte und umarmte ihren Mann wie lange nicht mehr.

„Wie kommst du eigentlich auf diese schrägen Tiernamen?"

Hilke Hinrichsen lachte.

„Ganz einfach, der schwarze Kater erinnert doch sofort an einen Panther und die gestreifte Katze an einen Tiger. Tja, und der Schwarze mit den weißen Pfoten und der Blesse sieht auch wieder ganz anders aus. Da musste ich sofort an das Buch von Tucholsky denken, ‚Panther, Tiger und Co.'"

„Aha, kenne ich nicht, aber egal. Du kümmerst dich um die

Katzen und dann sollst du auch entscheiden können, wie sie heißen. Ach übrigens, wenn du dich beeilst, kannst du auch jetzt noch Katzenfutter besorgen. Es ist erst zwanzig vor zehn. Ich falle leider aus."

Urs Hinrichsen zeigte auf die noch fast volle Bierflasche vor sich und kraulte genüsslich Gina.

„Der Autoschlüssel liegt in der Küche. Und bring gleich mehrere Pakete Katzenstreu mit."

I. Dienstag, 6. Juli 2010

Walter Andres hatte die außerordentliche Dienstbesprechung für Viertel nach acht anberaumt. Sämtliche anwesenden Beamten waren angesichts des Todes der Jugendlichen, fast noch Kinder, bestürzt. Die meisten von ihnen waren selbst Familienväter und schluckten unweigerlich, als ihr Vorgesetzter die Fotos vom Tatort herumreichte. Auch Andreas Wolf musste an Jochen, Jakob und Julia denken. Er versuchte, die Gänsehaut auf seinen Armen zu ignorieren und spürte, wie sich sein Nacken wieder verkrampfte. Walter Andres setzte dem unbehaglichen Schweigen ein Ende, indem er sich in seiner barschen Art zu den Ergebnissen des Vorabends äußerte. Mit seiner rauen Stimme versuchte er den Sachverhalt möglichst prägnant zusammenzufassen.

Bei den von dem Bademeister aufgefundenen Leichen handele es sich um den Schüler Marten Meyer, wohnhaft in Einswarden, bei dem Mädchen um die Schülerin Clarissa Engelbrecht aus Phiesewarden. Die erste Inaugenscheinnahme der Toten habe keinerlei Anzeichen von Gewalteinwirkung gezeigt. Man vermute den Tod durch die Einnahme toxischer Substanzen. Verwertbare Spuren am Tatort habe man nicht gefunden. Die Leichname seien bereits in die Oldenburger Rechtsmedizin überführt worden, man hoffe auf baldige Ergebnisse. Eine ausführliche Befragung der Eltern am gestrigen Abend sei nur bedingt möglich gewesen, weil beide Mütter nach der Benachrichtigung über den Tod ihrer Kinder verständlicherweise nur teilweise vernehmungsfähig gewesen seien. Auffallend erscheine die Tatsache, dass keiner der Befragten das jeweils andere Opfer kannte. Die Körperhaltung der Jugendlichen lege allerdings die Vermutung nahe, dass es sich um ein Liebespaar gehandelt haben könne.

„Was ist mit den Vätern?", unterbrach Andreas Wolf.

„Herr Dr. Engelbrecht hatte Nachtdienst, Frau Meyer ist allein erziehend. Mehr weiß ich nicht."

„Gibt es keine verwertbaren Zeugenaussagen?"

Der Leiter des Nordenhamer Polizeikommissariats schüttelte den Kopf.

„Bedauerlicherweise nicht, Herr Gremmer! Der Bademeister hat versucht, den Vorfall vor den noch in der Lagune anwesenden Gästen geheim zu halten. Als Scherer dann als Erster eintraf, hielt sich in der Nähe des Tatorts niemand mehr auf. Martin Norden stand wohl unter Schock, was angesichts der Umstände nachvollziehbar ist. Er wird heute vorbeikommen, um seine Aussage protokollieren zu lassen. Dann sehen wir weiter. Vielleicht macht es am meisten Sinn, zuerst nach Zeugen zu suchen. Gestern sprach er von einem älteren Ehepaar und einer Familie, die ihm in der Nähe der Opfer aufgefallen waren. Die Videoüberwachung der ffn-Anlage bringt uns leider nicht weiter. Die Jugendlichen müssen sich in einem toten Winkel aufgehalten haben."

Walter Andres blickte in die Runde.

„Ich möchte, dass Herr Hinrichsen die Tatortgruppe leitet. Unser neuer Kollege aus Köln soll ihn unterstützen. Ich will, dass er sich hier sehr schnell einarbeitet."

Andreas Wolf nickte zustimmend, obwohl es ihn schon jetzt vor dem Einsatz, den Gesprächen mit den betroffenen Eltern grauste. In Köln hatte er das bereits zweimal erlebt. Bei dem ersten Fall hatte es sich um einen plötzlichen Säuglingstod gehandelt, bei dem zweiten um tödliche Kindesmisshandlung durch den neuen Lebenspartner der Kindesmutter. Soweit er sich erinnerte, gab es landesweit durchschnittlich etwa fünfzig Kindstötungen im Jahr, die meisten von Frauen ausgeführt. Ihm wurde kalt, als er an das unter Alkoholeinfluss zu Tode geprügelte Kleinkind dachte. Wie oft hatte er von dem leblosen und Blut verschmierten Körper der kleinen Nadine geträumt? Mit aller Vehemenz versuchte der Kriminalhauptkommissar, die alten Bilder aus seinem Kopf zu vertreiben.

Auf Überstunden war er angesichts des Renovierungsstresses

momentan nicht erpicht. Wann bloß sollte er die riesige Altbauwohnung zu Ende renovieren? Außer dem Wohnzimmer mussten unbedingt noch die Kinderzimmer gestrichen werden. Und das Laminat im Schlafzimmer war auch noch nicht verlegt. Warum hatte er den gestrigen Abend nicht effektiver genutzt? Jetzt bereute er den spontanen Ausflug in den Fischereihafen.

„Gehen wir von Selbstmord aus?", unterbrach Urs Hinrichsen seine abschweifenden Gedanken.

„Möglich, am besten, Sie fahren gleich zu den Eltern. Ich hoffe, heute ist es möglich, mit ihnen zu reden."

„Weitere Fragen?"

Urs Hinrichsen druckste herum. Er wolle Andreas Wolf nicht zu nahe treten, aber es sei sicher von Vorteil, wenn die Tatortgruppe durch einen weiteren Kollegen unterstützt werde.

Sein Vorgesetzter schüttelte den Kopf. Nein, auf gar keinen Fall. Bekanntlich seien drei Mitarbeiter im wohlverdienten Jahresurlaub und zwei Kollegen krank.

„Noch weitere Fragen?"

Niemand meldete sich zu Wort. Walter Andres beendete die Dienstbesprechung und winkte die Kommissare Hinrichsen und Wolf zu sich. Er wisse, dass man die Presse auf Dauer nicht aus dem Fall heraushalten könne. Angesichts der bevorstehenden Sail und der vielen Touristen vor Ort hoffe er auf eine baldige Lösung des Falls.

„Ach ja, bevor ich es vergesse: Dr. Engelbrecht ist in der Wesermarsch-Klinik ein hohes Tier und hat entsprechende Kontakte. Ich bitte, dies bei den Ermittlungen zu berücksichtigen. Ich hoffe, wir verstehen uns!"

Walter Andres überreichte Urs Hinrichsen die noch schmale Akte und verließ grußlos den karg möblierten Besprechungsraum. Andreas Wolf blickte ihm mit Skepsis hinterher. Ein Sympathieträger schien sein neuer Vorgesetzter nicht zu sein. Er wurde das Gefühl nicht los, bei ihm auf Ablehnung zu stoßen. Er musste unweigerlich schlucken. Urs Hinrichsen schien seine Gedanken zu erraten und versuchte, den entstandenen negativen Eindruck bei seinem neuen Kollegen zu korrigieren. Walter Andres kenne er seit Ewigkeiten, ein Hund, der laut belle, aber nicht beiße. Solange er nicht wisse, mit wem er es zu tun habe, provoziere er gerne, im Innersten sei er jedoch lammfromm. Andreas Wolf konnte nur hoffen, dass die Worte seines Kollegen halbwegs der Wahrheit entsprachen.

„Kann ich die Fotos noch einmal sehen?"

Er war froh, das Thema wechseln zu können. Diese Jugendlichen sahen alles andere als gesund aus. Das Mädchen schien ihm unnatürlich dünn und der Junge für diese Jahreszeit unverhältnismäßig blass. Aber das konnte natürlich auch an der Qualität der Aufnahmen liegen.

„Was denken Sie?"

Zögernd beschrieb Andreas Wolf seine Eindrücke.

„Und irgendwie, fragen Sie mich nicht warum, scheinen die beiden nicht zusammenzupassen. Er mit seinen Tätowierungen und sie, ach, ich weiß auch nicht."

Anerkennend pfiff Urs Hinrichsen durch die Zähne. Dann klärte er den Neuen über die Stadtteile Eins- und Phiesewarden auf. Während Ersterer zu den sozialen Brennpunkten der Stadt zähle, sei der Randbezirk Phiesewarden ein sehr gepflegter Ortsteil.

„Aber wissen Sie, was mich wirklich erschreckt? Da liegen zwei Jugendliche wahrscheinlich mehrere Stunden lang bewegungslos in der viel besuchten Lagune. Und niemand bemerkt es. Ich würde mich nicht wundern, wenn die Suche nach verwertbaren Zeugenaussagen erfolglos bleibt. Kommen Sie, werfen wir einen ersten Blick in die Akte!"

In dem Büro von Urs Hinrichsen studierten die Beamten die schmale Ermittlungsakte. Michael Scherer hatte am Tatort bereits eine verhältnismäßig frische Operationsnarbe bei dem Jungen entdeckt und auch ihm war aufgefallen, wie dünn das Mädchen war. Mit seiner unleserlichen Handschrift hatte er auf einem Zettel ‚Magersucht?' notiert.

„Kommen Sie, ich denke, es ist das Beste, wenn wir als Erstes zu den Familien fahren. Bringen wir es hinter uns!"

Urs Hinrichsen hielt einen Moment inne.

„Ach übrigens, das eben mit dem dritten Kollegen war nicht gegen Sie gemünzt. Ich hätte nur gerne mehr Unterstützung gehabt."

II.

Die Fahrt nach Phiesewarden dauerte keine zehn Minuten. Als sie hinter dem Nordseecenter rechts auf die Bundesstraße abbogen, erfuhr Andreas Wolf, dass diese Straße eine allseits beliebte Raserstrecke war. Sein Kollege wusste nicht, wie viele Geschwindigkeitsüberschreitungen er hier in den letzten Jahren registriert hatte. Selbst sein grundsolider Nachbar war mehrmals geblitzt worden. Nun fahre er auf dieser Straße immer mit Tempomat.

Andreas Wolf war überrascht, wie groß die Grundstücke in dem Wohnviertel Phiesewarden waren. Einfamilienhäuser mit gepflegten Vorgärten und Carports dominierten das Straßenbild. Hier und da waren für die Kinder aufblasbare Swimmingpools und riesige Trampolins aufgestellt worden, die in den vergangenen Jahren in Mode gekommen waren. Obgleich er noch nie eine Wohnung mit eigenem Garten bewohnt hatte, konnte Andreas Wolf nicht verstehen, wie man freie Rasenflächen freiwillig mit diesen unförmigen Spielgeräten verschandeln konnte. Die Gestaltung der Dachterrasse der neuen Wohnung würde er trotzdem Ilona überlassen. Sie hatte definitiv die kreativeren Ideen und den so genannten grünen Daumen.

„Was kosten die Häuser hier?", fragte er in die Stille hinein.
Urs Hinrichsen überlegte kurz.

„Das hängt natürlich von der Grundstückslage und Größe ab. Ich schätze, dass der durchschnittliche Quadratmeterpreis in Nordenham und Umgebung derzeit bei etwa dreißig Euro aufwärts liegt. Für eine gut erhaltene Immobilie mit rund einhundert Quadratmetern zahlt man vielleicht hunderttausend Euro oder mehr, für eine Neue etwa das Doppelte."

Andreas Wolf glaubte sich verhört zu haben. In Köln war für diesen Preis kaum eine bewohnbare Etagenwohnung zu bekommen.

Das Haus der Familie Engelbrecht war eines der größeren am Ort. Andreas Wolf bewunderte die üppig blühenden Rosen und die lang gestreckte Hortensienreihe in dem großzügig gestalteten Vorgarten. Hier erinnerte nichts an die anhaltende Hitzeperiode. Der Rasen wurde offensichtlich regelmäßig gesprengt und die Blumen erfuhren eine intensive Pflege. Andreas Wolf konnte nur staunen, als er den messingfarbenen Klingelknopf drückte.

Frau Engelbrecht, die ihnen sofort öffnete, sah man die Ereignisse des Vortages nicht an. Sie machte einen gefassten Eindruck und bat die Polizisten in das riesige abgedunkelte Wohnzimmer, wo sie Tee und – angesichts der sich schon anbahnenden Hitze –Erfrischungsgetränke anbot.

Beide Kommissare lehnten dankend ab. Nachdem sie mit stockenden Worten kondoliert hatten, erfuhren sie von der kühl wirkenden Frau eine Menge über Clarissa Engelbrecht. Sie war das einzige Kind des Ehepaares und ein vielseitig begabtes und lebensfrohes Mädchen. Clarissa war eine der besten Schülerinnen des Nordenhamer Gymnasiums, zu ihren Hobbys gehörten Reiten, Boßeln und Cellospiel. Letzteres habe sie leider im vergangenen Jahr zunehmend vernachlässigt.

„Am Wochenende ist sie in Blexen bei dem Titan-Reitturnier Dritte in ihrer Leistungsklasse geworden, womit sie aber nicht zufrieden war. Ihr Pferd hat extrem unter der Hitze gelitten."

Urs Hinrichsen räusperte sich und rutschte unbehaglich auf der weißen Ledercouch herum.

„Frau Engelbrecht, können Sie sich vorstellen, dass Ihre Tochter sich das Leben genommen hat?"

„Unmöglich! Clarissa war keinesfalls selbstmordgefährdet. Das spürt man als Mutter doch! Ich habe immer eine sehr enge Beziehung zu meinem Kind gehabt, eventuelle Veränderungen in der letzten Zeit wären mir aufgefallen. Und Clarissa hat sich sehr auf den bevorstehenden Familienurlaub gefreut. Anzeichen von Depressivität habe ich nicht, nein nie bei ihr wahrnehmen können."

Die Tatsache, dass sie den gestrigen Tag mit diesem Jungen verbracht habe, irritiere sie zwar, möglicherweise habe sie ihn erst in der Nordseelagune kennen gelernt. Clarissa sei sehr kontaktfreudig gewesen.

„Frau Engelbrecht, ich muss Sie das leider fragen", unterbrach Urs Hinrichsen den Redefluss der blonden Frau mit den hochgesteckten Haaren.

„Ich weiß, es mag absurd klingen, aber hatte Ihre Tochter irgendwelche Feinde? Klassenkameraden oder gibt es sonst jemanden, der Ihnen verdächtig erscheint?"

Nein, Clarissa sei überall beliebt gewesen. Die Polizisten könnten gerne ihre besten Freundinnen Judith Brockmann oder Marie Vogel befragen. Anna Hessel sei augenblicklich in England zu einem dreiwöchigen Sprachurlaub. Die Klassenlehrerin heiße übrigens Frau Nicolai. Andreas Wolf notierte die Namen und ließ sich die Telefonnummern geben.

„Ist Ihr Mann zu sprechen?"
Frau Engelbrecht zögerte.

„Er hatte in der Nacht noch eine komplizierte Notfall-Operation und sich danach hingelegt. Wenn es Ihnen nichts ausmacht, würde ich ihn gerne ausschlafen lassen. Er kann sich ja später telefonisch bei Ihnen melden."

Urs Hinrichsen nickte und bat darum, Clarissas Zimmer sehen zu dürfen. Frau Engelbrecht führte die beiden Beamten in das ausgebaute Dachgeschoss. Als sie den etwa vierzig Quadratmeter großen Raum betraten, traute Kriminalhauptkommissar Wolf seinen Augen nicht: ein Mädchentraum in Rosa-Pink. Seine Tochter Julia wäre von der farblichen Gestaltung und dem modernen Design der weißen Möbel mehr als begeistert gewesen. Noch während er sich staunend umblickte, bot Frau Engelbrecht den Kommissaren an, das Zimmer in aller Ruhe zu inspizieren. Wenn sie wollten, könnten sie auch gerne das Notebook auf dem Schreibtisch für ihre Ermittlungen mitnehmen.

Die Männer waren erleichtert. Diese an und für sich unangenehme Befragung verlief wesentlich einfacher, als sie es sich vorgestellt hatten. In dem aufgeräumten Zimmer sollten sie jedoch keinerlei neue Hinweise finden. Clarissa schien tatsächlich eine begeisterte Reiterin gewesen zu sein. An den Wänden hingen zahlreiche Fotos von ihr zusammen mit einem braunen Pferd. Einige Aufnahmen zeigten sie strahlend während einer Siegerehrung, andere im Einsatz bei Springturnieren. In dem weißen Regal standen mehrere Pokale, verschiedene Siegerschleifen baumelten von der Decke herab. Andreas Wolf setzte sich auf das Sofa und schaltete fast instinktiv den Ventilator neben sich an. Hier oben war es wesentlich wärmer als in dem Rest des Hauses.

„Und jetzt?"
„Jetzt bringen wir als nächstes den zweiten Kondolenzbesuch hinter uns. Ich bin froh, wenn das geschafft ist. Mir fehlen immer die richtigen Worte, falls es die überhaupt gibt."

Andreas Wolf seufzte und gab sich einen Ruck. Er stellte den

Ventilator wieder aus und packte das Notebook unter seinen Arm.

„Sie haben Recht. Bringen wir es hinter uns!"

Bevor sie an diesem Morgen das Engelbrechtsche Haus verließen, stellte Urs Hinrichsen die zwei Fragen, die er sich bewusst bis zum Ende der heutigen Befragung aufgehoben hatte. Zunächst wollte er wissen, ob es im Umfeld von Frau Engelbrecht und ihrem Mann mögliche Feinde gab. Zum anderen drängte es ihn, Clarissas geringes Gewicht zur Sprache zu bringen.

Auf seine Fragen sollte er keine zufrieden stellenden Antworten erhalten. Feinde oder Bedrohungen habe es im Hause Engelbrecht noch nie gegeben und Clarissa sei - wie sie selbst - eben zierlich gebaut. Frau Engelbrecht vergaß nicht zu betonen, dass dies für den Reitsport von enormem Vorteil sei.

III.

Die Fahrt Richtung Einswarden verlief schweigend. Die Kommissare mussten das Gespräch erst auf sich wirken lassen. Urs Hinrichsen lenkte den Wagen bewusst an dem Ortsteil vorbei und fuhr zum Blexer Fähranleger. Andreas Wolf war irritiert. Dennoch begrüßte er es, als sein Kollege eine kurze Kaffeepause vorschlug. Am Kiosk neben dem Restaurant ‚Das Weserschlösschen' war ein Tisch frei, den er sofort in Beschlag nahm. Neben ihm hielt eine ältere Dame mit Hund ihr Gesicht in die Vormittagssonne. Die Fähre nach Bremerhaven schien in wenigen Minuten anzulegen. Mehrere Touristen warteten bereits, vor der geschlossenen Schranke standen jede Menge Radfahrer, Autos und ein Lkw.

Der frische Kaffee tat gut und wirkte belebend. Urs Hinrichsen war zufrieden. Die Zusammenarbeit mit dem Kölner schien gut anzulaufen. Während der Befragung von Frau Engelbrecht hatte er sichtlich gespürt, dass sie sich gut ergänzten. Dabei hatte er im Vorfeld noch befürchtet, dass der Großstädter ein arroganter und besserwisserischer Typ sein könnte. Völlig zu Unrecht! Der Neue mit den leicht ergrauten Locken und den vielen Grübchen im Gesicht war ihm von Anfang an sympathisch gewesen. Zugegeben, auf seine Kleidung hätte der mit Jeans und ungebügeltem Hemd gekleidete Beamte mehr achten können, aber letztlich war das unerheblich.

„Und? Was ist Ihr Eindruck?"

Andreas Wolf zögerte, ehe er antwortete.

„Tja, eine gute Frage. Abgesehen davon, dass mir diese Frau Engelbrecht alles andere als sympathisch ist, habe ich das Gefühl, dass sie uns entweder eine Menge verschweigt oder weniger über ihre Tochter weiß, als sie behauptet."

Urs Hinrichsen nickte zustimmend und fächerte sich vermeintlich frische Luft zu.

„Irgendwie ist mir das alles zu aalglatt. Diese Clarissa muss ja das Vorzeigekind schlechthin gewesen sein. Und ich glaube, dass die Eltern eine verdammt hohe Erwartungshaltung an ihr einziges Kind gehabt haben. Übermäßige Leistung scheint in dieser Familie wirklich groß geschrieben zu werden. Und was mich ebenso überrascht hat, war die gefasste Haltung der Frau, durchweg sachlich, keine Anzeichen von Trauer. Ist Ihnen aufgefallen, dass sie, obwohl Clarissa noch keine vierundzwanzig Stunden tot ist, überwiegend von ihr in der Vergangenheit sprach? Und gestern war sie nicht vernehmungsfähig."

„Ja, diese Frau hat sich vollständig unter Kontrolle oder sie hat Medikamente eingenommen. Ich bin gespannt, was für ein Typ ihr Mann ist. Bemerkenswert fand ich übrigens ebenso die Tatsache, dass keine einzige Frage zu dem Verbleib ihrer Tochter kam. Aber möglicherweise weiß sie durch ihren Mann, dass die Obduktion in der Oldenburger Rechtsmedizin erfolgt. Irgendwie merkwürdig, dass er nach dem plötzlichen Tod seines einzigen Kindes schlafen kann. Nun ja, Mediziner kommen problemlos an Schlaf- und Beruhigungsmittel."

Die beiden Männer schlürften ihren Kaffee.

„Was genau ist eigentlich Boßeln?"

Urs Hinrichsen klärte sein Gegenüber über den norddeutschen Lieblingssport auf. Es handele sich um eine Art Wurfspiel, bei dem eine Hartholz- oder Gummikugel auf glatter Straße oder Eis gespielt werde. Dabei komme es darauf an, mit möglichst wenigen Würfen das zuvor festgelegte Ziel zu erreichen.

„Hier boßeln alle. Das Gute ist, dass diese Sportart bis ins hohe Alter ausgeübt werden kann. In diesem Jahr kämpfen wir nach dem strengen Winter allerdings immer noch mit den Frostschäden auf den Straßen. Und dann gibt es noch das Klootschießen. Letzteres ist ein jahrhundertealter Sport, bei dem eine kleine Kugel von einer Rampe aus möglichst weit geworfen werden muss. Die Wurfart ist schwierig und man braucht dafür viel Schnelligkeit, Kraft und Konzentration."

„Okay, dann würde ich mich spontan für das Boßeln entscheiden. Beim Boule spielen war ich gar nicht so schlecht."

Der Nordenhamer und leidenschaftliche Boßler verdrehte die Augen. Nein, so anmaßend konnte nur ein Antisportler oder Rheinländer sein.

„Das war ein Scherz, Herr Hinrichsen!"
Der Norddeutsche lächelte verhalten. Jeder ging in den nächsten Minuten seinen Gedanken nach. Während Andreas Wolf sich stillschweigend vornahm, sich im Büro sofort an das Notebook des Mädchens zu setzen, kreisten die Gedanken des Nordenhamers um die Frage des Selbstmords. Ein Junge wie Marten aus Einswarden passte nicht in die Welt der Engelbrechts. Das war sonnenklar. War es möglich, dass Clarissa in ihrer blinden Verliebtheit deshalb beschlossen hatte, sich das Leben zu nehmen? Und ebenso der Junge? Blödsinn, rief er sich zur Ordnung, die moderne Fassung der Romeo-und-Julia-Tragödie gab es allenfalls im Film oder Buch. Er schüttelte den Kopf.

„Was ist los, Herr Kollege? Lassen Sie mich an Ihren Gedanken teilhaben! Selbst die abwegigsten Ideen können mitunter hilfreich sein."

Es kostete Urs Hinrichsen Überwindung, dem neuen Kollegen, den er noch nicht besonders gut einzuschätzen vermochte, von seinen absurden Überlegungen zu berichten. Andreas Wolf reagierte entsprechend.

„Wir können uns ebenso anderer Klischees bedienen. Wenn es sich um Giftmord handeln sollte, war der Täter eine Frau, wobei wir beim Mordmerkmal der Heimtücke wären."

„Wieso Klischees? Fakt ist, dass die meisten Giftmorde von Frauen begangen werden. Männer bevorzugen nach wie vor das Messer."

„Tatsache ist aber auch, dass nur zehn bis fünfzehn Prozent aller Tötungsdelikte von Frauen verübt werden. Nein, im Ernst! Eines können wir auf jeden Fall festhalten: In materieller Hinsicht ging es Clarissa Engelbrecht alles andere als schlecht. Luxus pur, würde ich sagen. Ob sie glücklich war, mag ich im Moment nicht abschließend beurteilen. Bei dieser unterkühlten Mutter habe ich – persönliche Abneigung hin oder her – meine Zweifel."

„Haben Sie Kinder?"

Mit wenigen Worten erzählte Andreas Wolf von seiner Familie in Köln und dem bevorstehenden Umzug. Er zeigte auf das andere Ufer der Weser.

„Dort, irgendwo hinter dem Deich, da wohne oder besser hause ich zur Zeit auf einer Baustelle. Aber von der Dachterrasse aus kann ich direkt auf die Weser sehen, faszinierend!"

Der Nordenhamer räusperte sich. Er wusste zwar nicht, was den Neuen auf das rechtsseitige Weserufer verschlagen hatte, stellte aber sofort fest, dass ihre Wohnorte luftlinienmäßig nicht weit voneinander entfernt lagen. Er selbst lebe mit seiner Frau in Tettens, direkt hinter dem Deich. Ein Ort mit knapp fünfzig Einwohnern, gerade noch zu Nordenham gehörig.

„Wenn Sie auf Ihrer Terrasse stehen, müssen Sie nur nach dem Windrad auf dieser Weserseite suchen. Unweit davon liegt Tettens. Ähm, wo war ich stehen geblieben? Ach ja, unsere Söhne sind mittlerweile schon lange aus dem Haus, was ich allerdings genieße. Seit kurzem bin ich zweifacher Großvater, meine ältere Enkelin ist mittlerweile drei Jahre alt und die Jüngere vier Monate. Es ist herrlich. Man kann den Besuch der Mädchen genießen, sie aber jederzeit wieder bei den Eltern abliefern und trägt nicht die Verantwortung. Wie heißt es noch in dem alten Witz? Sind die Kinder ausgezogen und der Hund tot, beginnt das wahre Leben."

Urs Hinrichsen hielt einen Moment inne.

„Leider ist mir das nur für kurze Zeit gegönnt gewesen. Meine Frau hat letztes Jahr aus ihrem Italienurlaub eine Mischlingshündin mitgebracht. Aber, um ehrlich zu sein, möchte ich Gina nicht mehr missen. Die südländischen Tiere sind einfach extrem treu und dankbar. Keine Spur von Aggressivität oder Eifersucht, auch wenn die Mädchen da sind."

Andreas Wolf lachte.

„Ich für meinen Teil bin froh, wenn wir und unsere Jüngste die Pubertät ohne großen Schaden überstehen. Julia mit ihren zehn Jahren probt schon jetzt den Aufstand und fängt an herumzuzicken. Und bei Jochen bangen wir jedes Jahr um die Versetzung."

Unweigerlich mussten die Polizisten an die Musterschülerin Clarissa Engelbrecht denken.

„Am besten, wir halten uns mit weiteren Spekulationen in dem Fall erst einmal zurück“, beendete Andreas Wolf den privaten Teil des Dienstgespräches.

Immerhin wisse man über den Jungen so gut wie gar nichts. Möglicherweise gebe es andere Motive für einen Selbstmord. Das war das Stichwort zum Aufbruch.

„Nicht snacken, anpacken“, kommentierte Urs Hinrichsen.

IV.

Ein mit dem südlichen Teil Einswardens vergleichbares Viertel kannte Andreas Wolf nicht. Obwohl es auf die Mittagszeit zuging, waren einige Straßen wie ausgestorben. Mehr als ein Drittel der alten Siedlungshäuser stand leer, dieser Teil Nordenhams wirkte auf den Großstädter wie eine verwaiste Geisterstadt. Soziale Brennpunkte in Köln sahen anders aus. Hier waren zwar die schmalen Straßen sauber, aber die vielen kahlen und dreckigen Fenster hatten etwas Bedrückendes, fast schon Morbides. Die wenigen leer stehenden Ladenlokale verstärkten diesen Eindruck. In zahlreichen Häusern waren nur eine oder zwei Wohnungen bewohnt, man sah es an der Fensterdekoration, mehreren Deutschlandfahnen angesichts der Fußball-WM und den unzähligen Schildern mit dem Aufdruck ‚zu vermieten‘.

Hier schien sich die Wirtschaftskrise von ihrer härtesten Seite zu zeigen. Die Bausubstanz der alten Siedlungshäuser war zumindest auf den ersten Blick nicht die schlechteste. Einen Moment lang stellte sich Andreas Wolf vor, wie die trostlos wirkenden Straßen nach einer umfangreichen Sanierung und durch neue Mieter wiederbelebt werden könnten. Bunt gestrichene Häuser, einige Restaurants, Kneipen, mehrere kleinere Geschäfte, vielleicht ein Stadtteilzentrum. In Köln würde sich dieser Stadtteil wahrscheinlich schnell zu einem alternativen Szeneviertel mit künstlerischen Graffitis entwickeln können.

Wie anders die Welt hier im Norden doch war! Rückläufige Bevölkerungszahlen und verfallende Stadtteile, Andreas Wolf hatte bislang gedacht, dass man mit diesem Problem nur in den neuen

Bundesländern kämpfte.

Vor dem Haus in der Niedersachsenstraße standen mehrere Fahrräder. Frau Meyer wohnte im Erdgeschoss links. Sie war nicht allein. In der engen Küche versuchte eine Nachbarin, der jungen Frau Beistand zu leisten. Es störte die Kommissare nicht, dass sie bei ihrer Ankunft keinerlei Anstalten machte sich zu verabschieden. Im Gegenteil, es erleichterte ihnen ihre unangenehme Arbeit.

Frau Meyer war in einem erbärmlichen Zustand: verquollene Augen, ein von Tränen gerötetes Gesicht. Sie schenkte den Beamten einen Tee ein und bat sie, auf der Küchenbank Platz zu nehmen. Unter Tränen erzählte sie konfus und ohne erkennbaren Leitfaden von ihrem Sohn. Die beiden Kommissare mussten mehrmals nachfragen. Marten sei nach seiner Krebserkrankung endlich auf dem Weg der Besserung gewesen, seit dem letzten Jahr hätten sie eine Menge durchgemacht: Chemotherapie, Operation, Bestrahlung.

„Und jetzt mache ich mir Vorwürfe. Ich hätte mich viel mehr um den Jungen kümmern müssen. Er war viel zu viel alleine. Aber ich konnte doch nicht ahnen, dass ihn das alles so mitgenommen hat und er sich deshalb umbringt."

Die Kriminalhauptkommissare erfuhren, dass die allein erziehende Mutter mehrere Putzstellen hatte. Ihren Sohn hatte sie deshalb oft nicht oder nur kurz zu Gesicht bekommen. Nein, sie kenne die Freunde von Marten nicht. Manchmal habe ihn ein dunkelhaariges Mädchen besucht, dessen Namen ihr nicht einfallen wolle. Und nach seiner Erkrankung habe sich der Junge ohnehin stark von allen zurückgezogen. Stundenlang habe er in seinem Zimmer vor dem PC gesessen.

„Dabei habe ich ihm immer wieder gesagt, dass er für die Schule lernen soll. Ohne Hauptschulabschluss bekommt er doch nie eine Lehrstelle. Aber das ist jetzt sowieso egal."

Frau Meyer weinte bitterlich, die Nachbarin nahm sie in den Arm.

Urs Hinrichsen wartete einen Moment, bevor er das Gespräch fortsetzte.

„Frau Meyer, wir wissen noch nicht, was sich in der Nordseelagune abgespielt hat. Selbstmord ist eine Möglichkeit, Mord eine andere!"

Frau Meyer zuckte zusammen und begann abermals zu weinen.

„Aber, wer macht denn so was? Wer bringt zwei unschuldige Kinder um?“

Urs Hinrichsen zuckte ratlos mit den Schultern. Er versicherte der aufgelösten Frau, alles zu tun, was in seiner Macht stehe, um die Wahrheit ans Licht zu bringen. Andreas Wolf pflichtete ihm bei.

Gegen eine Besichtigung des Kinderzimmers hatte Frau Meyer nichts einzuwenden. Wortlos führte sie die Männer in den hinteren Teil der Wohnung. Andreas Wolf staunte. Auch Martens Zimmer war mehr als aufgeräumt. Waren denn seine eigenen Kinder die Einzigen, bei denen es wie auf einem Schlachtfeld aussah? Oder gehörte seine Frau zu den wenigen Müttern, die nicht ständig ihren Kindern hinterherräumten? Er blickte sich um. Der Junge musste ein wahrer Werder Bremen-Fan gewesen sein. Über dem schmalen Bett hingen mehrere Poster und eine Vereinsfahne. Die Schulbücher lagen ordentlich gestapelt auf dem Schreibtisch neben dem Computer, daneben der Spielplan der Fußball-WM. Mit Bleistift hatte er seine Tipps daneben notiert, den Südamerikanern hatte er hohe Chancen eingeräumt. In das Fenster hatte er jedenfalls eine Deutschlandfahne gehängt. Er hatte wohl zu Recht gehofft, dass die junge Mannschaft es bei dieser WM weit bringen würde.

Der Jugendliche schien nicht nur viel vom Fußball zu verstehen, sondern sich auch durch akribische Ordnung ausgezeichnet zu haben. Selbst im Kleiderschrank waren Sweat- und T-Shirts akkurat zusammengefaltet, mehrere Paare Turnschuhe standen ordentlich in einem kleinen Regal. Darüber befanden sich einige wenige Bücher, überwiegend Kinderbücher, in die er wahrscheinlich seit Jahren nicht mehr hineingesehen hatte. Andreas Wolf schüttelte den Kopf. Warum gab es nur noch so wenige Jugendliche, die in ihrer Freizeit freiwillig lesen? Weder hier in diesem bunt zusammengewürfelten Jugendzimmer noch bei Clarissa oder seinen eigenen Kindern gab es ein Bücherregal. Was hatte noch heute in der Zeitung gestanden? Die Anne-Frank-Stiftung in Amsterdam hatte gerade die Lebensgeschichte des jüdischen Mädchens als einhundertsechzig Seiten umfassendes Comic-Buch auf den Markt gebracht, um den veränderten Lesegewohnheiten von Kindern und Jugendlichen gerecht zu werden. Die deutsche

Ausgabe solle Anfang November erscheinen.

Der Kommissar, in seiner wenigen Freizeit eine wahre Leseratte, stöhnte aber auch deshalb, weil heutzutage in viel zu vielen Kinderzimmern Fernseher herumstanden. Zugegeben, Marten war sechzehn gewesen und Clarissa immerhin fünfzehn, aber dennoch konnte er diese allgemeine Entwicklung nicht gut heißen. Im Haushalt der Familie Wolf hatte es bewusst immer nur ein einziges Fernsehgerät gegeben. So manches Mal hatte er die ewigen Diskussionen mit den Kindern zwar verflucht und sich bewusst aus dem Wohnzimmer verzogen, wenn Jakob oder Jochen sich bei der Programmauswahl durchgesetzt hatten, aber alles in allem bereute er diese Grundsatzentscheidung nicht. Bislang hatte er oder zumindest Ilona den Überblick darüber gehabt, wie ihre Kinder ihre Freizeit - zumindest zu Hause - verbrachten. Und auf die durchschnittliche Zeit von etwa zwei Stunden, die Jugendliche täglich vor dem Fernseher saßen, kamen zum Glück weder Jochen noch Julia.

Schweren Herzens mussten sich die beiden Kommissare kurze Zeit später damit abfinden, dass sie in diesem Zimmer nichts fanden, was ihnen hätte weiterhelfen können. Wenigstens hatte Frau Meyer nichts gegen die Mitnahme des PC's einzuwenden.

„Wann kann ich meinen Jungen sehen? Ich muss mich jetzt um die Beerdigung kümmern, oder?"

„Ähm, ja, das müssen Sie wohl. Es wird jedoch noch einige Tage dauern, bis die Beisetzung stattfinden kann", nuschelte Urs Hinrichsen.

Mit möglichst einfühlsamen Worten versuchte er Frau Meyer zu erklären, dass ihr Sohn noch in Oldenburg medizinisch untersucht werden müsse. Er vereinbarte schließlich mit ihr, dass er sie am späten Nachmittag in die Gerichtsmedizin fahren werde und schlug vor, dass die Nachbarin, sofern sie Zeit habe, sie begleiten solle. Insgeheim war Andreas Wolf erleichtert, dass ihm diese Aufgabe erspart blieb. Er wollte sich in der Zwischenzeit mit den Handys und Computern der Jugendlichen beschäftigen. Sie mussten endlich ein genaueres Bild von Clarissa Engelbrecht und Marten Meyer bekommen. Den Computer unter seinem Arm umklammerte er regelrecht.

V.

Mit Stolz begutachtete Andreas Wolf in dem überhitzten Büro sein Werk. Die Auswertung des Computers von Clarissa Engelbrecht und seine eigenen Internetrecherchen hatten ihm einiges über den Teenager offenbart. Das Wichtigste hatte er auf dem Flip-Chart für seinen Kollegen notiert.

Nein, er hatte sich nicht getäuscht. Das Mädchen war tatsächlich magersüchtig gewesen. Auf dem Notebook hatte er nach längerem Suchen verschiedene so genannte versteckte Dateien gefunden. Sie enthielten Kalorientabellen, eine Auflistung verschiedener Schlankheits- und Abführmittel und ein Sammelsurium von Diättipps. In einer Excelliste hatte Clarissa ihr tägliches Gewicht notiert, das den Kommissar regelrecht erschauern ließ. Bei einer Größe von Einmetersechzig wog das Mädchen gerade einmal achtunddreißig Kilo. Mit welcher Selbstdisziplin musste sie gelebt und gehungert haben.

Mit Bestürzung hatte der Kriminalbeamte daraufhin im Internet unter dem Stichwort ‚Magersucht' gegooglet. Was er gelesen hatte, ließ ihn erneut erschauern. Einhunderttausend Menschen, insbesondere Frauen, litten in Deutschland an der so genannten Anorexia nervosa. Die Eltern der Betroffenen steuerten das Leben ihrer Kinder rigoros, was die Persönlichkeitsfindung der Heranwachsenden verhinderte oder zumindest erschwerte. Durch das anorektische Verhalten versuchten die Magersüchtigen, ein Stück Macht über sich zurück zu erlangen.

Andreas Wolf schüttelte den Kopf, als er die Beiträge einiger erkrankter Pubertierender im Netz las. Er konnte nur hoffen, dass seine Tochter Julia nie diesem mörderischen Schlankheitswahn verfallen würde. Mit Wut erinnerte er sich an die Abschiedsworte der Mutter: ‚Clarissa ist genauso wie ich sehr zierlich gebaut. Für den Reitsport ist das übrigens von enormem Vorteil.'

Der Kriminalhauptkommissar wurde den Verdacht nicht los, dass Frau Engelbrecht vor ihrem heutigen Besuch Clarissas Notebook manipuliert hatte. Es schien ihm viel zu aufgeräumt. Neben Unmengen von Fotos, Musikdateien und schulischen Themen hatte er zu Beginn seiner Recherchen nichts anderes entdecken können. Es war, als ob Clarissa nie im Internet gewesen sei und in der letzten Zeit ausschließlich schulische Inhalte aufgerufen habe. Und das in den Sommerferien! Erfahrungsgemäß chatteten Jugendliche in dieser Altersgruppe täglich ungefähr zwei Stunden. Es war nicht davon auszugehen, dass Clarissa, die in dem Dachgeschoss über einen eigenen Internetanschluss verfügt hatte, die große Ausnahme gewesen sein sollte.

In einer anderen versteckten Datei war er schließlich auf einige Gedichte gestoßen, die mehr als depressive Grundtendenzen erahnen ließen. Er wusste zwar nicht, ob Clarissa sie selbst geschrieben hatte, vermutete es jedoch. Mehrere hatte er spontan ausgedruckt.

Einsamkeit

Allein
Mit mir
Bin ich hier
An diesem dunklen Ort
Verdorrt

Hunger

Einmal
Alles vergessen
Sich satt essen
Nein, das wäre vermessen
Tödlich

Freiheit

Leben
Täglich funktionieren
Regeln schweigend akzeptieren
Für andere, nicht mich
Lebenslänglich

Leben

Wiegen
Sich verbiegen
Den anderen gefallen
Um bloß nicht aufzufallen
Negativ

Der Kommissar schüttelte den Kopf, als er Clarissa Engelbrecht über das Internet suchte. Die neuen Medien ließen die Jugendlichen zu regelrecht transparenten Personen werden, das Thema Datenschutz schien kaum jemanden zu interessieren. Bei der Online-Community SchülerVZ, die eigenen Angaben zufolge aktuell über fünf Millionen Nutzer hatte, wurde er fündig. Ausgerechnet bei der Datenbank, bei der es erst im vergangenen Oktober und in diesem Frühjahr Datenlecks im großen Stil gegeben hatte! Wenn er das mit dem Protest der Bevölkerung gegen die Volkszählung Anfang der achtziger Jahre verglich!

Datenschutz hin oder her, über die Plattform SchülerVZ hatte Andreas Wolf jedenfalls eine ganz andere Clarissa Engelbrecht ausgemacht. Hier präsentierte sich ein fröhliches, durchaus hübsches Mädchen, das viele Kontakte zu Gleichaltrigen und zahlreiche Interessen hatte. Die Eintragungen ähnelten der Beschreibung durch die Mutter.

Andreas Wolf war gespannt, wie ihre Freundinnen und die Klassenlehrerin Clarissa erlebt hatten. Da Kollege Hinrichsen noch nicht zurück war, entschied er, der Lehrerin noch heute einen Besuch abzustatten. Die Mädchen - das hatte er bereits telefonisch in Erfahrung gebracht - wollten ohnehin erst am nächsten Morgen zu ihm ins Büro kommen. Sie seien noch nie bei der Kriminalpolizei gewesen und wollten sich diese einmalige Chance nicht entgehen lassen. Andreas Wolf sollte es Recht sein, er fuhr ungern Auto.

VI.

Frau Nicolai wohnte in einer ruhigen Seitenstraße unweit des Nordenhamer Polizeikommissariats. Andreas Wolf musste lachen. Eine Lehrerin, die in der Schulstraße wohnte, das gab es garantiert nicht oft. Dieses Viertel Nordenhams mit den vielen Villen aus der Jugendstilzeit, dem alten Baumbestand und den gepflasterten Straßen sagte dem Kommissar auf Anhieb zu. Er hätte sich vorstellen können, hier mit seiner Familie zu wohnen, auch wenn die alten Pflastersteine für Autofahrer wahrscheinlich eine Katastrophe waren. Nun, zumindest würde es hier keine Raser geben.

Martina Nicolai war eine sympathisch wirkende Frau, die von Frau Engelbrecht bereits über den möglicherweise bevorstehenden Besuch durch die Polizei informiert worden war.

„Ignorieren Sie das Chaos hier“, begrüßte sie den Kriminalbeamten. „Ich fahre morgen früh in Urlaub.“

Sie deutete auf das Bügelbrett und die viele Wäsche am Ende des Flurs und bat Andreas Wolf in die geräumige Altbauküche, wo sie die halb gepackten Fahrradsatteltaschen vom Tisch räumte. „Darf ich Ihnen etwas zu trinken anbieten? Diese Hitze raubt einem noch den letzten Nerv. Finden Sie nicht?“

„Vielleicht ein Wasser. Hier in Ihrer Altbauwohnung ist es aber noch gut erträglich. Draußen ist es wie in einem Backofen. Wo soll es denn morgen hingehen?“

„Nach Passau. Von dort fahre ich mit dem Rad nach Wien. Und in der zweiten Woche mache ich dann einen Schiffsausflug nach Bratislawa.“

Der Kriminalbeamte pfiff anerkennend durch die Zähne. Bei diesem Wetter wahrlich eine nicht zu unterschätzende Herausforderung, obschon sie fahrtechnisch auch für ungeübte Fahrer zu bewältigen war.

„Kennen Sie die Strecke?“

Andreas Wolf nickte. Vor vielen Jahren war er diese klassische Radwandererstrecke mit seinem Rennrad abgefahren. Die dreihundertvierzig Kilometer lange Strecke führte vorbei an stillen Tälern, fruchtbaren Ebenen, steilen Weinterrassen und kleinen Städtchen.

„Landschaftlich und kulturell wirklich interessant. Und Wien muss man einfach erlebt haben.“

Seine Erfahrung, dass sich gerade in der Hochsaison wahre Fahrradpulks auf den verschiedenen Teilabschnitten tummelten, behielt er lieber für sich.

„Ja, das habe ich auch gelesen. Und ich bin froh, endlich wieder einmal dem Alltag hier entrinnen zu können. Ist Kranberger auch okay? Die letzte Flasche Mineralwasser habe ich eben leer gemacht.“

Martina Nicolai hielt einen Moment inne.

„Das Radwandern ist schon erholsam. Letztes Jahr bin ich den Weser-Radwanderweg abgefahren. Ich wusste gar nicht, dass er nach dem Elb-Radweg und Main-Radweg der drittbeliebteste in Deutschland ist. Hier, Ihr Wasser!“

Andreas Wolf nickte und nahm dankend das Glas mit dem Leitungswasser entgegen.

„Ja, der Alltag, womit wir beim eigentlichen Anlass meines Besuches wären. Frau Nicolai, was können Sie mir über Clarissa Engelbrecht erzählen?“

Die Lehrerin überlegte einen Moment und beschrieb zunächst die schulischen Leistungen ihrer Schülerin. Ja, Clarissa hatte eine auffallend schnelle Auffassungsgabe, war ehrgeizig und in der Klaase 9b sehr beliebt. Ihre besten Fächer seien Deutsch, Mathematik, Musik und Sport gewesen. Sie selbst unterrichte die Klasse in Englisch und Sport. Aufgrund ihrer zahlreichen sportlichen Aktivitäten – dem Reiten, Boßeln, täglichen Joggen und der begeisterten Teilnahme an der Hip-Hop-AG – hatte Clarissa der Schule sogar mehrere Preise eingebracht.

„Wissen Sie, sie ist, ähm, war irgendwie ungewöhnlich zäh und ausdauernd. Wenn ihr etwas nicht auf Anhieb gelang, übte sie so lange, bis sie es konnte, und zwar perfekt. Das ist heute in diesem Alter selten zu beobachten."

„Entschuldigen Sie, hatten Sie als Sportlehrerin nie den Verdacht, dass das Mädchen magersüchtig sein könne?"

„Natürlich, aber mir waren die Hände gebunden. Nachdem ich Clarissa einmal auf ihr geringes Gewicht angesprochen hatte, müssen sich die Eltern über mich beschwert haben. Ich wurde sofort zu unserem Direktor zitiert."

Andreas Wolf nickte.

„Hatte Clarissa Feinde? Nein, ich formuliere meine Frage anders. Wurde sie angesichts der Tatsache, dass ihr alles zuzufliegen schien, nicht von den anderen Schülern beneidet, angefeindet? Wurde sie nicht als Streberin eingestuft?"

„Nein, nicht dass ich wüsste. Clarissa hat zumindest in Englisch die anderen immer bei sich abschreiben lassen. Ich denke, das wird in den anderen Fächern nicht anders gewesen sein und hat ihr natürlich einen hohen Beliebtheitsgrad eingebracht."

„Gab es keinen sozialen Neid? Sie kam immerhin aus recht vermögenden Verhältnissen."

Die Lehrerin verneinte erneut. Natürlich sei sie von einigen Schülern um ihr eigenes Pferd und ihre topmodische Kleidung beneidet worden. Aber das sei unter Jugendlichen normal. Außerdem komme ein großer Teil der Schüler und Schülerinnen des Gymnasiums aus Akademikerhaushalten.

„Wissen Sie, Mobbing unter Schülern oder Klamottenklau, das kennen wir auf unserer traditionsreichen Schule nicht, zumindest noch nicht. Und, um ehrlich zu sein, ich bin froh darüber."

„Das kann ich verstehen. Mit meinem Ältesten habe ich da schon das ein oder andere Szenario erlebt. Aber lassen wir das.

Gibt es sonst noch etwas, was Sie mir sagen können?"

Martina Nicolai ließ sich mit ihrer Antwort Zeit.

„An einen Selbstmord glaube ich nicht. Dann hätte sich Clarissa garantiert in der letzten Zeit mehr zurückgezogen. Allerdings habe ich sie natürlich letztmalig bei der Zeugnisausgabe im Juni gesehen. Seitdem sind zwei Wochen vergangen. Da hat sie noch über das ganze Gesicht gestrahlt. Kein Wunder, bei diesem Notendurchschnitt! Andererseits kann ich mir nicht vorstellen, wer ein Interesse an dem Tod von zwei Jugendlichen haben könnte. Aber das herauszufinden, ist Ihr Job."

Die Lehrerin warf einen Blick auf die Küchenuhr.

„Herr Wolf, ich will nicht unhöflich erscheinen. Aber in zwei Stunden kommt meine Nachbarin, die während meines Urlaubs hier die Pflanzen versorgt. Und bis dahin muss ich die Wohnung hier aufgeräumt haben."

„Kein Problem, ich bin schon weg."

Andreas Wolf leerte sein Glas und verabschiedete sich von Frau Nicolai.

„Grüßen Sie Wien von mir! Wirklich eine tolle, extrem vielseitige Stadt! Aber Vorsicht, Wien ist alles andere als radfahrerfreundlich!"

VII.

Urs Hinrichsen staunte nicht schlecht, als Andreas Wolf von seinen Ergebnissen berichtete. Seine eigenen Computerkenntnisse reichten gerade zum Schreiben der Berichte. Von versteckten Dateien hatte er noch nie etwas gehört.

„Warum glauben Sie eigentlich, dass Clarissa diese Gedichte geschrieben hat? Für mich könnten sie auch von einem Schriftsteller sein."

Andreas Wolf schüttelte den Kopf und genoss es, auf das Grundschulwissen seiner Tochter zurückgreifen zu können. Er klärte Urs Hinrichsen darüber auf, dass es sich bei allen Gedichten um so genannte Elfchen handelte, also kurze Gedichte mit genau elf Wörtern. Sie bestünden aus sechs Zeilen, wobei in jeder Zeile ein Wort dazukomme. Lediglich die Anfangs- und Schlusszeilen hätten ein einziges Wort, wobei letzteres besonders aussagekräftig sein müsse.

„Das ist Stoff aus der vierten Klasse."

„Aha! Und Sie glauben wirklich, dass Frau Engelbrecht an dem Laptop war? Zugegeben, sie hat uns das Teil sofort angeboten, aber ich habe noch die warnenden Worte von Walter Andres im Kopf: ‚Dr. Engelbrecht ist ein hohes Tier in der Klinik.' Ich möchte nicht, dass wir unnötig Ärger bekommen."

Andreas Wolf vermutete sogar, dass Frau Engelbrecht nicht zum ersten Mal an dem Notebook ihrer Tochter gewesen war. Warum sonst sollte es geheime Dateien geben?

„Oh je, solche Eltern hätte ich mir trotz ihres Reichtums und Renommees als Kind nie im Leben gewünscht."

Dann berichtete er ausführlich von seiner Fahrt nach Oldenburg mit seinem Privatwagen. Er hatte in Einswarden kein Aufsehen erregen wollen.

„Die Erfindung der Klimaanlage sollte noch heute mit dem Nobelpreis nachträglich ausgezeichnet werden. Ich war echt froh, im Wagen einmal nicht dieser mörderischen Hitze ausgesetzt zu sein. Nun ja, also zum Dienstlichen: Frau Meyer wollte sich in Ruhe und alleine von ihrem Sohn verabschieden und auf dem Flur habe ich dann tatsächlich die Engelbrechts gesehen. Wir haben uns nur kurz unterhalten. Er scheint sich im Großen und Ganzen aus der Erziehung der Tochter herausgehalten zu haben. Neben seiner Tätigkeit als Chefarzt ist er wohl noch in der Forschung aktiv. Viel Zeit für die Familie bleibt da nicht."

Insgesamt sei das Gespräch nicht besonders ergiebig gewesen. Mit dem Namen des Jungen habe auch Dr. Engelbrecht nichts anfangen können. Alles in allem sei der Chefarzt jedoch nicht so unterkühlt wie seine Frau gewesen.

Auf der einstündigen Autofahrt nach Oldenburg habe er sich dafür ausführlich mit Frau Meyer und der Nachbarin unterhalten können. Die Frau habe nach der Trennung von ihrem Mann alles Erdenkliche für Marten getan. Der Junge sollte nicht in Armut aufwachsen müssen und deshalb habe sie immer hart gearbeitet, überwiegend als Reinigungskraft in den Ferienhäusern, daneben noch schwarz in Privathaushalten.

„Ich habe meinen Hut vor ihr gezogen, weil sie dann ja auch noch die Belastung durch die Krankheit des Jungen ertragen musste. Der PC von Marten war übrigens nicht gerade der billigste, das werden Sie morgen sehen. Ach ja, bevor ich es vergesse, die rechtsmedizinischen Ergebnisse liegen noch nicht vor. Überall ist Urlaubszeit und auch in Oldenburg scheint dieser kursierende Magen-Darm-Virus einige erwischt zu haben. Ich hoffe, wir wissen bald mehr. Wahrscheinlich hat Dr. Engelbrecht denen schon Druck gemacht, der kennt in medizinischen Kreisen bestimmt Gott und die Welt. War eigentlich dieser Bademeister Gremmer hier?"

Andreas Wolf verneinte, woraufhin Urs Hinrichsen unverzüglich seinen Burhavener Kollegen Scherer anrief. Er erfuhr, dass es – wie er bereits befürchtet hatte – keine Zeugen zu geben schien. Martin Norden hatte zwar die wenigen Badegäste, die er am Montagabend außer den beiden Jugendlichen registriert hatte, auch am Dienstag in der Lagune angetroffen, doch keiner von ihnen hatte Clarissa Engelbrecht und Marten Meyer bewusst wahrgenommen.

„Urs, eine kleine Vorwarnung für morgen. Bei euch landet eine Vermisstenanzeige auf dem Tisch. Ein gewisser Thomas Schuhmacher vermisst seine Frau. Der Typ nervt mit seiner Penetranz, war aber noch nicht mal in der Lage, die Kleidung seiner Frau zu beschreiben. Ich schließe nicht aus, dass er morgen persönlich bei euch aufkreuzt."

Urs Hinrichsen stöhnte. Gemeinsam mit seinem neuen Kollegen beschloss er, den heutigen Arbeitstag zu beenden. Die vielen neuen Eindrücke und Informationen drängten nach Verarbeitung. Die Büros waren trotz laufender Ventilatoren mehr als überhitzt und außerdem stand heute das erste Spiel des Halbfinales in Kapstadt bevor. Holland sollte gegen Uruguay spielen. Keiner der Polizisten wollte das Spiel verpassen.

„Robben wird das Kind schon schaukeln, er träumt ja jetzt schon wie alle Niederländer vom ‚Droomfinale tegen Duitsland'."

Andreas Wolf widersprach nicht. Auch er räumte dem Außenseiter Uruguay nur wenig Chancen ein.

I. Mittwoch, 7. Juli 2010

Es war kurz vor halb acht Uhr, als Andreas Wolf durch den vierzig Meter tiefen und gut anderthalb Kilometer langen Wesertunnel fuhr. Die Kult-Comedy ‚Frühstück bei Stefanie' war gerade vorbei, der NDR 2 warb mit dem ‚Sound der Achtziger und der besten Musik von heute'. Lena Meyer-Landrut schmetterte wieder einmal den Gewinnersong ‚Satellite' des diesjährigen 55. Eurovision Song Contest.

Wehmütig dachte Andreas Wolf an das letzte Maiwochenende zurück, an dem er – wie knapp fünfzehn Millionen Fernsehzuschauer in Deutschland auch – mit Ilona und Julia die Show aus Oslo am Bildschirm verfolgt hatte. Seine Familie fehlte ihm und er war wieder einmal froh, dass die Trennung in wenigen Tagen ein Ende haben sollte.

Die sich daran anschließende Kommentierung des gestrigen Fußballspiels konnte der Kriminalhauptkommissar nur bestätigen. Die Niederlande hatten zeitweilig hart um ihren Einzug ins Finale am Sonntag kämpfen müssen. Selbst in der Schlussphase hatten die Oranjes, die das Spiel schließlich 3:2 gewonnen hatten, noch zittern müssen. Trotz der Niederlage war die südamerikanische Mannschaft mit ihrem Gesamtergebnis zufrieden. Ihr Trainer war stolz auf das, was seine Mannschaft geleistet hatte. Die Niederlage gegen Holland sei gerecht, er akzeptiere sie. Der Radiosender beendete den Beitrag mit seiner Eigenwerbung ‚NDR 2 und das Leben beginnt' und es folgte wieder einmal der WM-Song ‚Waka-Waka'.

Die Fahrt von Bremerhaven zum Nordenhamer Bahnhof dauerte keine halbe Stunde. Andreas Wolf wunderte sich, dass es keinen Stau gab, denn durch den vor sechs Jahren erbauten Tunnel fuhren täglich etwa zwanzigtausend Fahrzeuge auf die andere Seite der Unterweser. Rechts und links der Bundesstraße grasten Kühe zwischen den Windrädern auf den Weiden.

Der Blick in den Himmel und die Wettervorhersage nach den Kurznachrichten versprachen einen weiteren sonnigen Sommertag. Das Wetter wollte so gar nicht zu dem Anruf seines neuen Kollegen passen, den er vor gut einer Stunde erhalten hatte. Ein weiterer Toter, direkt am Bahnhof von Nordenham! Von wegen

‚NDR 2 und das Leben beginnt', schoss es dem Kriminalhauptkommissar durch den Kopf. Urs Hinrichsen hatte die Cuxhavener Spurensicherung bereits informiert und wartete schon am Tatort. Auf Gleis 1 des kleinen Bahnhofs führte eine Treppe in einen Schacht, an dessen Ende sich eine weiße Holztür befand. Direkt davor lag der Tote, der bei der Polizei bereits bekannt war: Gerd Schneiders, achtundfünfzig Jahre alt, seit Jahren obdachlos, Alkoholiker und wegen wiederholter Ruhestörung und Ladendiebstählen mehrfach auffällig geworden. Andreas Wolf wunderte sich, dass sich um diese Uhrzeit nicht mehr Schaulustige am Tatort versammelt hatten. Der Nahverkehrszug Richtung Bremen hatte den Bahnhof jedoch soeben verlassen, der nächste Zug würde erst in einer knappen Stunde die Pendler Richtung Süden befördern.

Andreas Wolf warf einen Blick in den schmalen Schacht. Der ungepflegte Mann mit der verdreckten Jeans und dem schmuddeligen T-Shirt sah aus, als ob er seinen Rausch ausschlafe. Seine wenigen Habseligkeiten hatte er um sich herum verteilt. Der Kriminalbeamte seufzte, ehe er auf seinen Kollegen Urs Hinrichsen zusteuerte, der sich mit einem etwa Dreißigjährigen unterhielt. Er hatte den Toten gefunden und wiederholte zum vierten Mal, dass er das alles nicht glauben könne. Gerd Schneiders sei ein guter Kumpel von ihm und erst gestern Nachmittag hätten sie sich noch am Bahnhofskiosk getroffen.

„Da wär de Gerd quietschvergnögt, dat kannst du mi globen. Wenn ik die Sau krieg, schlok ik de doot!" („Da war der Gerd quietschvergnügt, das können Sie mir glauben. Wenn ich die Sau kriege, schlage ich ihn tot!")

Andreas Wolf, der ohnehin Schwierigkeiten hatte, die einzelnen Wörter zu verstehen, überließ es seinem Kollegen, den aufgeregten Mann zu beruhigen. Er nuschelte ein kurzes ‚Moin' in ihre Richtung und stieg die wenigen Stufen in den Schacht herab. Wie es hier aussah: Unmengen von Glasscherben, Plastiktüten, Kronkorken, Kippen und anderem Müll, an einem nur teilweise erhaltenen Plastikgartenstuhl musste er sich vorbei zwängen. Als er sich dem Toten näherte, wurde ihm fast schlecht. Es war nicht der Anblick des zum Teil mit Blut verschmierten Mannes, der ihm so zusetzte, sondern der Gestank von Erbrochenem und Alkohol. Schnell verließ er den Tatort.

„Alles okay, Herr Kollege? Sie sind ja kreidebleich!"

Urs Hinrichsen schien sein Gespräch beendet zu haben. Er steckte sein Notizbuch in die Innentasche seines Sakkos. Andreas Wolf winkte ab. Er musste mehrmals durchatmen, ehe er sich in der Lage sah zu antworten.

„Nach meiner gestrigen Renovierungsaktion habe ich heißhungrig ein riesiges Stück Aal mit einer letzten Scheibe Brot verschlungen. Und jetzt scheint sich der Fisch durch jede Ausbuchtung meines Darms zu winden. "

Ein Grummeln in der Magengegend habe er schon beim Aufstehen bemerkt, aber jetzt schienen seine Därme wirklich verrückt zu spielen. Urs Hinrichsen konnte sich ein spöttisches Grinsen nicht verkneifen, ebenso den Hinweis darauf, dass der im Fischereihafen erwerbbare Fisch immer fangfrisch sei. Bei einem Fettgehalt von fast dreißig Prozent sei allerdings immer Vorsicht geboten. Das wisse im Norden jedes Kind.

„Kommen Sie, im Büro haben wir noch Kräutertee, den Sie sich aufschütten können. Ich bin hier ohnehin mit dem Wesentlichen durch. Den Rest werden die Kollegen von der Spurensicherung erledigen. Ah, da kommen sie ja schon."

„Ach Herr Kommissar, eene Froog. Wenn du mit den Krom klar bist, kann ik dann die Soggen vom Gerd hebben? De Schlopsack is goot und ok dot Radio kann ik bruken. De Gerd het kin Arben haat." („Ach Herr Kommissar, eine Frage. Wenn Sie mit dem Kram fertig sind, kann ich dann die Sachen vom Gerd haben? Der Schlafsack ist gut und auch das Radio kann ich brauchen. Der Gerd hat keine Erben gehabt.") [2]

Urs Hinrichsen vertröstete sein Gegenüber. Dann klärte er ¬– soweit er es konnte – die Cuxhavener über den neuen Todesfall auf.

II.

Kurze Zeit später machten sich die Beamten auf den Weg zu ihrem Dienstgebäude in der Walther-Rathenau-Straße. Der heiße Kräutertee schien seine Wirkung zu tun. Andreas Wolf hatte schon nach wenigen Schlucken das Gefühl, dass sich sein Magen allmählich wieder beruhigte. Mit Interesse hörte er der Berichter-

stattung seines neuen Kollegen zu.
„Gerd Schneiders wurde heute Morgen kurz vor sieben Uhr von dem ebenfalls obdachlosen Patrick Peters tot aufgefunden. Todesursache sind nicht die Verletzungen am Hinterkopf, wie mir der Notarzt erklärt hat. Sie müssen älter sein, möglicherweise wurden sie durch einen Sturz ausgelöst. Der Tote war, wie Sie selbst wahrgenommen haben, zum Zeitpunkt des Todeseintritts stark alkoholisiert und hat ja auch erbrochen. Genaueres wird die Obduktion ergeben. Peters geht jedenfalls von einem nicht natürlichen Tod aus, die beiden haben sich gestern noch gesehen und kannten sich gut. Er kommt übrigens gleich vorbei, um seine Aussage zu Protokoll zu geben."

Andreas Wolf nippte an dem heißen Tee.
„Und Sie sind sicher, dass er tatsächlich hier auftaucht?"
Urs Hinrichsen nickte. In einer Stadt mit knapp siebenundzwanzigtausend Einwohnern kenne man seine Pappenheimer und Patrick Peters betrete heute nicht zum ersten Mal das Polizeikommissariat.

„Warum haben wir ihn nicht sofort mit auf das Präsidium genommen?"

„Er wollte noch duschen, was mir zumindest nicht gerade unsympathisch und überflüssig erschien."

„Trauen Sie ihm einen Mord zu?"
„Nicht mehr und nicht weniger als jedem anderen auch. Er hat für die Nacht übrigens ein Alibi. Er war bei seiner Freundin, die hier in der Nähe wohnt und in Elsfleth in einem Altenheim putzt. Er hat sie heute Morgen zum Zug gebracht und weil er wusste, dass Schneiders häufiger in dem Schacht nächtigt, einen Blick hinein geworfen. Ach ja, die Nachbarn seiner Freundin sollen übrigens gesehen haben, wie er gemeinsam mit seiner Freundin heute Morgen das Haus verlassen hat. Ich werde das nachher überprüfen."
Andreas Wolf zog zweifelnd die Augenbrauen hoch, ehe er vorschlug, dass er sich in der Zwischenzeit mit dem Computer von Marten Meyer beschäftigen werde.

„Ach Herr Wolf, ich habe da noch eine eher private Frage an Sie."

Andreas Wolf war irritiert. Er spürte, dass sein Kollege Hemmungen hatte, ihn auf das, was jetzt kommen sollte, anzusprechen. Was konnte das sein?
„Sie haben nicht zufällig Interesse an einer kleinen Katze? Ich

habe vorgestern beim Joggen einen Wurf entdeckt, der von irgendeinem Dreckskerl einfach ausgesetzt worden ist. Meine Frau hat die Tiere gestern beim Tierarzt untersuchen lassen. Sie sind alle gesund und jetzt auch entwurmt. Wir suchen dringend Abnehmer."

Urs Hinrichsen zögerte.

„Sie haben doch Kinder, die sicherlich begeistert wären. Sie hätten noch die freie Auswahl: zu vergeben sind ein schwarzer Kater, eine getigerte und eine schwarz-weiße Katze."

Andreas Wolf winkte ab. In einer einzigen Hinsicht hatte Julias schwere Asthmaerkrankung etwas Gutes. Die Ärzte hatten der Familie dringend und wiederholt von der Anschaffung eines Haustieres abgeraten. Die Diskussionen über einen Hund, eine Katze, Kaninchen und Meerschweinchen hatten immer sehr schnell ein Ende gehabt. Und Jochens kleines Terrarium störte nun wirklich niemanden. Nein, bei drei Kindern wollten weder Ilona noch er selbst sich zusätzlich durch ein Haustier binden. Von Freunden und Bekannten wussten sie nur zu gut, dass das Interesse an den Tieren meist nach kurzer Zeit erlosch. Die Versorgung und Verpflegung der tierischen Mitbewohner war dann Aufgabe der Eltern. Andreas Wolf hob entschuldigend die Schultern.

„Es tut mir Leid, aber infolge der Asthmaerkrankung meiner Tochter und ihrer diversen Allergien sind Haustiere für uns tabu.

Wie wäre es mit einem Aushang am Schwarzen Brett?"

„Keine schlechte Idee, obwohl ich glaube, dass es in der Urlaubszeit jetzt schwierig werden wird, die Tiere zu vermitteln."

„Einen Versuch ist es sicher wert. So, ich werde mich jetzt an den Computer von Marten Meyer setzen. Vielleicht kommen wir ja endlich mal weiter. Ach ja, danke nochmals für den Tee."

Andreas Wolf verließ das Büro seines Kollegen, um sich an seinen eigenen Schreibtisch zu setzen.

III.

Schon bald, nachdem er Martens Rechner hochgefahren hatte, stieß Andreas Wolf neben diversen Musikdateien auf umfangreiches Informationsmaterial über den so genannten Wilmstumor.

Der Junge hatte zahlreiche Artikel abgespeichert und sich einen schnellen Zugriff auf einige medizinische Foren über die Favoritenliste des Internet Explorers eingerichtet. Aus dem Verlauf war ersichtlich, dass er die verschiedenen Internetseiten wiederholt aufgerufen hatte.

Soweit der Kriminalhauptkommissar verstand, handelte es sich bei dem Wilmstumor um einen meist einseitigen Nierenkrebs, der überwiegend im Säuglings- und Kindesalter entstand. Marten schien mit seinem beidseitigen Befall und wegen seines für diese Erkrankung fortgeschrittenen Alters zu den wenigen Ausnahmen gehört zu haben. Dem Wilmstumor wurden bei Früherkennung und sofortigem Eingriff insgesamt zwar gute Prognosen zugeschrieben, aber ob dies auch auf Marten zutraf, vermochte Andreas Wolf nicht zu beurteilen. Er musste unbedingt mit dem behandelnden Arzt sprechen.

In anderen Dateien hatte Marten Informationen über Chemotherapien und Bestrahlungsmöglichkeiten zusammengetragen. Andreas Wolf überflog die Inhalte schluckend. Es war erschreckend, was er hier las: ‚Ein häufiges Problem der Chemotherapie ist das Auftreten von Nebenwirkungen wie Übelkeit, Erbrechen, Haarausfall, Verminderung der Blutzellen und -plättchen, weshalb eine erhöhte Infektanfälligkeit und auch die Neigung zu Blutungen bestehen. Als Nebenwirkungen und Spätfolgen der Bestrahlung können Wachstumsstörungen, Entwicklungsstörungen der Wirbelsäule und des gesamten bestrahlten Bereichs auftreten. Es ist möglich, dass einige Patienten Jahre später als Folge der Behandlung mit Chemo- und Strahlentherapie einen neuen Krebs entwickeln.'

Was mochte in dem Jungen vorgegangen sein, als er das gelesen hatte? Wie hatte Marten als Jugendlicher eine solche Erkrankung verarbeitet? War er in psychologischer Betreuung gewesen? Von seiner Mutter wusste man ja nur, dass der Teenager sich in der letzten Zeit von allem und allen zurückgezogen hatte und sich viel allein überlassen gewesen war.

Der Computer, ein wahres Entertainment Center mit gigantischer Festplatte und rasantem Arbeitstempo, schien erst wenige Monate alt zu sein. Ältere Dateien konnte Andreas Wolf jedenfalls nicht finden. Dafür offenbarte sich, dass Marten nicht nur ein begeisterter Werder Bremen-Fan, sondern auch ein Anhänger der so genannten Ego Shooter-Spiele gewesen sein musste. Andreas Wolf verzog unweigerlich die Mundwinkel. Computerspiele mit expliziter Gewaltdarstellung waren ihm zuwider. Er glaubte zwar nicht, dass ein unmittelbarer Zusammenhang zwischen medialer Gewaltdarstellung und dem tatsächlichen Aggressionspotential bestand, konnte aber der Welt von Pumpguns, Scharfschützengewehren, Raketenwerfern und Handgranaten nichts abgewinnen. Nun, Marten Meyer hatte sich mitunter vielleicht gerade deshalb in diese virtuelle Welt geflüchtet, um seiner Krankheit ein Stück entfliehen zu können und die damit verbundenen Aggressionen abzubauen. Darauf deuteten auch die vielen Phantasyfilme hin, die er aus dem Internet heruntergeladen hatte.

Anders als Clarissa schien er jedenfalls kein Freund von Online-Communities gewesen zu sein. Die Recherchen über SchülerVZ, StudiVZ, Facebook und andere Plattformen blieben erfolglos. Marten Meyer aus Nordenham ließ sich lediglich über einen Sportverein in Blexen googlen, anscheinend hatte er dort vor seiner Erkrankung erfolgreich Handball gespielt.

Der Kommissar blickte gedankenversunken aus dem Fenster. Es fiel ihm schwer, sich in Martens Welt hineinzuversetzen. Er hoffte, dass die Handyauswertung weitere Erkenntnisse bringen würde. Bevor er sich jedoch daran setzte, gönnte er sich einen kurzen Spaziergang durch den Gatepark schräg gegenüber dem Polizeigebäude. Er musste die Bilder des blässlichen toten Jungen aus der Nordseelagune aus seinem Kopf vertreiben.

IV.

Die kurze Auszeit in dem Park tat gut. Um diese frühe Uhrzeit waren hier nur wenige Spaziergänger anzutreffen. Einige führten ihre Hunde aus, andere joggten in gemächlichem Tempo an Andreas Wolf vorbei. Der Kriminalbeamte setzte sich auf eine der Bänke unweit einer Gruppe von Gänsen, die an Besucher gewohnt zu sein schienen und die ebenfalls regelmäßige Gäste hier waren. Darauf deutete jedenfalls das Schild im Eingangsbereich mit dem Aufdruck ‚Vorsicht! Brütende Gänse!' hin.

Es war kaum zu glauben, dass dieses Naherholungsgebiet der

Stadt – die Gate war einst der Mündungsarm der kleinen Weser gewesen – noch vor einhundertfünfzig Jahren eine verschlammte Müllhalde gewesen sein sollte, in der sich Tausende von Ratten getummelt hatten. Heute bevölkerten zum Glück Enten die Gateteiche. Der Kommissar beobachtete, wie zwei Erpel sich ausgiebig putzten, wahrscheinlich um die Gunst der etwas abseits stehenden Ente zu erlangen. Ihm war in diesem Augenblick nicht mehr nach Naturidylle, er musste ständig an Marten Meyer und Clarissa Engelbrecht denken. Woher kannten sich die beiden? War es tatsächlich möglich, dass sie ihrem Leben gemeinsam ein Ende gesetzt hatten? Die Romeo-und-Julia-Version hielt er für abwegig, was die Jugendlichen jedoch zu verbinden schien, waren ihre Erkrankungen. Das Mädchen hatte zumindest depressive Verstimmungen gehabt, wie war es bei dem Jungen gewesen? Er hoffte, über die Handys und Clarissas Freundinnen neue Informationen zu erhalten. Die Zeit verstrich und mit ihr möglicherweise die Chance auf neue, wichtige Erkenntnisse. Andreas Wolf beschloss, seiner kurzen Auszeit ein Ende zu setzen und machte sich wieder auf den Weg in das Polizeigebäude.

Im Büro wurde er bereits erwartet.

„Wo waren Sie denn?“, fragte Urs Hinrichsen. „Ich dachte schon, dass Sie sich wegen Ihres Magens vom Dienst abgemeldet haben. Nicht, dass Sie sich diesen grassierenden Magen-Darm-Virus eingefangen haben!“

Andreas Wolf winkte ab und berichtete kurz von seiner Computerauswertung. Im Gegenzug erfuhr er, dass Patrick Peters seine Aussage zu Protokoll gegeben hatte.

„Gerd Schneiders hatte wirklich ein hartes Schicksal hinter sich. Er hat alles verloren. Vor seiner Arbeitslosigkeit war er Hafenarbeiter und die Familie bewohnte ein kleines Häuschen in Abbehausen. Das liegt im Westen der Stadt, dort, wo das Historische Kaufhaus ist, in dem man noch heute Dinge des täglichen Bedarfs kaufen kann. Egal, nachdem er jedenfalls die monatlichen Abzahlungen an die Bank über mehrere Jahre nicht mehr leisten konnte, kam es zur Zwangsversteigerung. Die Frau reichte die Scheidung ein und flüchtete mit der gemeinsamen Tochter zu einer Verwandten nach Osnabrück, er sich in den Alkohol.“

Er hielt inne.

„Wir haben hier eine Arbeitslosenquote von knapp neun Prozent.

Der Arbeitsmarkt in der nördlichen Wesermarsch scheint sich zwar weitgehend stabilisiert zu haben, aber manchmal weiß ich trotzdem nicht, wohin das alles noch führen soll. Ich möchte nicht wissen, wie viele Menschen in diesem Land uns beide um unseren Job beneiden. Eine Anstellung im öffentlichen Dienst ist heute wahrscheinlich das Beste, was einem passieren kann."

„Wenn sie nicht befristet ist! Denken Sie nur an die vielen Lehrer oder Erzieherinnen! Bei uns im Rheinland ist ein Zeitvertrag heutzutage keine Ausnahme mehr."

„Gut, und was sich die niedersächsische Polizei im Moment leistet, ist wirklich mehr als eine Mangelverwaltung von Beförderungsmöglichkeiten. Erst locken sie mit der zweigeteilten Laufbahn und guten Aufstiegschancen und dann ist für die jungen Kollegen in unseren sieben Polizeistationen hier mit der Besoldungsstufe A 8 oder maximal A 9 Schluss. Sehr motivierend!"

„Tja, wir können nur hoffen, dass die Polizeigewerkschaft mit ihren Protesten dauerhaft etwas bewirken wird. Bei einer solch niedrigen Besoldung kann ein Familienvater von zwei Kindern garantiert bald ergänzende Sozialleistungen beantragen. Ein Trauerspiel!"

„Betroffen sind landesweit etwa achtzehntausend Kollegen. Das muss man sich mal klar machen. Und bei einer solch miesen Perspektive wird die niedersächsische Polizei wohl kaum geeigneten Nachwuchs finden. Zu Recht!"

Urs Hinrichsen hielt abermals inne, denn es klopfte laut an der Tür.

„Entschuldigen Sie die Störung, mein Name ist Thomas Schuhmacher. In Burhave hat man mir gesagt, dass Sie jetzt für mich zuständig sind. Meine Frau ist seit vorgestern spurlos verschwunden. Ich habe schon Anzeige erstattet."

Die Beamten sahen sich einen Augenblick an, bevor Urs Hinrichsen die Initiative ergriff. Er nickte kurz und holte die schmale Fallakte, die noch ungelesen auf seinem Schreibtisch lag, aus seinem Büro.

„Kommen Sie, Herr Schuhmacher, ich bringe Sie zu dem Kollegen Gremmer. Er wird sich um Sie kümmern."

Bevor sich Andreas Wolf mit den Handys der beiden Jugendlichen beschäftigte, notierte er auf dem Flip-Chart die wichtigsten Stichwörter seiner bisherigen Recherchearbeiten über Marten:

Krankheitsverlauf/Prognose (Arzt, ggf. Krankenhaus, Mutter, Depressionen?), soziales Umfeld (Clarissa, Klassenlehrerin, evt. Klassenkameraden, dunkelhaariges Mädchen, Sportverein HSG Blexer TB/SV Nordenham).

V.

Während der Auswertung der Anruflisten verdrehte Kriminalhauptkommissar Andreas Wolf mehrmals die Augen. Clarissa Engelbrecht schien alle Vorurteile über telefonierende Mädchen in der Pubertät zu bestätigen. Die Eltern konnten sich glücklich schätzen, ihrer Tochter eine Flat finanziert zu haben. Die Rechnung wäre andernfalls horrend gewesen. Das Gleiche galt für das Versenden der SMS. Jede noch so unwesentliche Mitteilung war an diverse Freundinnen weitergeleitet worden. Der Beamte schüttelte den Kopf.

Das Adressbuch enthielt eine endlos erscheinende Liste gespeicherter Nummern, allerdings nur unter dem Vor- oder Spitznamen der betreffenden Person. Einen Moment lang amüsierten ihn die norddeutschen Vornamen, die zum Teil so anders als im Rheinland waren. Er war sich sicher, dass man in Köln nur auf wenige Jungen mit den Vornamen Fiete, Aiko oder Thies stoßen würde. Mädchennamen wie Beeke, Merit oder Suna waren wahrscheinlich ebenfalls größtenteils unbekannt. Jedenfalls schien Clarissa im Besitz der meisten Telefonnummern der Jugendlichen aus der Wesermarsch gewesen zu sein. Einen Eintrag unter dem Namen ‚Marten' gab es nicht. Raffiniert, Clarissa hatte den Jugendlichen unter ‚Maren' abgespeichert und schon einige Male mit ihm telefoniert.

Das Handy von Marten Meyer, für das es weder eine Flat noch einen Vertrag gegeben hatte, bestätigte die Anrufe. Andreas Wolf ärgerte sich, weil die zwei kein einziges Mal per SMS kommuniziert hatten, aber wahrscheinlich hatte Clarissa befürchtet, dass ihre Mutter sie in jeder Hinsicht zu kontrollieren versuchte.

Eines stand auf jeden Fall fest: Der erste telefonische Kontakt war erst Anfang letzter Woche zustande gekommen, Marten hatte wohl die Initiative ergriffen. Anders als Clarissa schien er ansonsten ein wahrer Telefonmuffel gewesen zu sein. Eine Flat hätte sich für ihn garantiert nicht gelohnt. Gerade als der Kriminalhauptkommissar die wenigen Telefonnummern aus seinem Adressbuch notierte, standen plötzlich Judith Brockmann und Marie Vogel in der Tür. Sie hatten nicht angeklopft.

„Herr Kommissar Wolf?“, fragte eines der Mädchen in den Raum hinein.

Andreas Wolf bat die zwei in sein Büro und räumte die Handys in seine Schreibtischschublade. Er wusste nicht, wie er das Gespräch beginnen sollte und forderte die Mädchen mit den langen Haaren und dem Seitenscheitel auf, sich zu setzen. Er war froh, dass der Flip-Chart hinter ihnen stand und sie seine Notizen nicht sehen konnten.

„Das rosafarbene Handy ist doch von Clarissa, und da liegt ja auch ihr I-Pod“, eröffnete die größere von beiden das Gespräch.

Der Kriminalhauptkommissar nickte.

„Ja, wir müssen jeder Spur nachgehen. Bis jetzt wissen wir immer noch nicht, was genau in der Nordseelagune vorgefallen ist. Wir wissen noch nicht einmal, wo und wann sich Clarissa und Marten kennen gelernt haben. Wer von euch ist übrigens Marie und wer Judith?“

„Entschuldigung, ich bin Judith und Ihre Frage kann ich Ihnen auch beantworten. Im Krankenhaus natürlich, wo sonst? Marten wurde doch von ihrem Vater behandelt. Deswegen hat Clarissa doch ihren Vater in der letzten Zeit ja so gerne von der Arbeit abgeholt.“

„Bist du dir sicher?“

„Hundertprozentig! Clarissa war ja hin und weg, kennen gelernt haben wir diesen Marten aber leider nicht. Stimmt doch Marie, oder?“

Das Mädchen mit den vielen Sommersprossen nickte. In den nächsten Minuten erfuhr Andreas Wolf, dass sich die drei bereits seit der fünften Klasse kannten und seitdem eng befreundet waren. Anna Hessel gehöre auch zu ihrem Viererkleeblatt, aber sie sei momentan in England. Die Mädchen hätten, soweit es Clarissas viele Aktivitäten zugelassen hatten, eine Menge gemeinsam unternommen, manchmal aber auch nur zusammen gechillt.

„Wie würdet ihr Clarissa beschreiben?“

Judith schien einen Augenblick zu überlegen, Marie schluckte und wischte sich eine Träne aus dem Gesicht.

„Ich weiß, es fällt euch bestimmt nicht leicht, über sie zu reden. Es ist schrecklich, was passiert ist, aber ihr könnt mir wirklich weiterhelfen. Wir wissen im Moment noch nicht einmal, ob es Selbstmord war."

„Niemals! Warum hätte sie sich denn umbringen sollen?"
Judiths Stimme klang schrill. Nein, Clarissa habe alles gehabt, was sie haben wollte: ein eigenes Pferd, viele Turniersiege, mehr als gute Schulnoten, Freundinnen und in absehbarer Zeit wohl auch einen Freund.

„Wie war denn ihr Verhältnis zu den Eltern?"
Judith Brockmann verdrehte die Augen.

„Also, der Vater ist in Ordnung. Er hat uns oft Geld fürs Kino oder das Eiscafé gegeben. Aber Frau Engelbrecht kann ziemlich streng sein. Sie kann es nicht ab, wenn wir einfach nur mal abhängen wollen. Sie findet es besser, wenn wir die Freizeit sinnvoll verbringen. Verstehen Sie, was ich meine?"

Der Kriminalhauptkommissar nickte.
„Eine letzte Frage: Findet ihr nicht, dass Clarissa es mit dem vielen Sport etwas übertrieben hat?"

Die Mädchen stimmten Andreas Wolf zu. Seit etwa anderthalb Jahren habe Clarissa oft keine Zeit mehr für sie gehabt, weil sie fast täglich trainiert hatte. Das Viererkleeblatt habe mehrmals gedroht auseinander zu brechen.

„Aber wissen Sie, Herr Kommissar, dafür hat Clarissa eine Topfigur."
Es fiel Andreas Wolf sichtlich schwer sich zurückzuhalten. Was hatte er gestern noch gelesen? Neunzig Prozent der weiblichen Teenager wollten abnehmen, die Hälfte aller Mädchen unter fünfzehn Jahren hielt sich trotz Normal- oder Untergewicht für zu dick. Er betrachtete seine Gegenüber, von denen gewiss keine übergewichtig war. Nun, zumindest hatten mehrere Länder in den letzten Jahren Vorschriften über das Mindestgewicht bei Modenschauen erlassen. Marie Vogel unterbrach die abschweifenden Gedankengänge des Kommissars.

„Ich kann das alles noch gar nicht begreifen. Vorgestern habe ich noch mit Clarissa gechattet. Und jetzt ist sie tot, für immer weg. Das kann doch nur ein Alptraum sein."

Die drei schwiegen betreten. Judith Brockmann nahm die

weinende Freundin in den Arm, Andreas Wolf fühlte sich hilflos und überfordert. Die Gänsehaut auf seinen Unterarmen bemerkte er nicht. Stockend und mit nicht immer geschickten Worten versuchte er, den Mädchen zu erklären, dass der plötzliche Tod immer unbegreiflich und ein regelrechter Schock sei. Es sei gut, wenn Marie ihren Tränen freien Lauf lasse und sie ihre Trauer nicht unterdrücke.

Der Kriminalbeamte war trotzdem froh, als die Mädchen Anstalten machten aufzubrechen.

„Eines könnt ihr mir glauben. Wir werden den Täter finden, ganz bestimmt! Und wenn irgendetwas sein sollte, ihr könnt jederzeit vorbeikommen."

In Ermangelung einer Visitenkarte notierte Andreas Wolf seine Telefonnummer auf einem Stück Papier.

„Vielleicht fällt euch ja noch etwas Wichtiges ein."

VI.

Da sein Kollege anscheinend ein längeres Telefonat mit der Rechtsmedizin führte, widmete sich Andreas Wolf wieder Martens Handy. Der Junge hatte tatsächlich nur fünf Rufnummern abgespeichert. Es waren seine eigene Festnetznummer, die Handynummer seiner Mutter, Clarissas Nummer und die Nummern eines gewissen Hendrik und eines Mädchens namens Jennifer. Der Kriminalhauptkommissar beschloss, zuerst Frau Meyer anzurufen. Er erreichte sie über ihr Handy.

„Guten Tag Frau Meyer, hier ist Wolf von der Kriminalpolizei Nordenham. Ich hätte da noch einige Fragen an Sie. Störe ich gerade?"

Aus dem Hintergrund waren laute Geräusche zu hören.

„Einen Moment, ich stelle nur den Staubsauger aus. Ich bin gerade in einem Ferienhaus."

Nach einer kurzen Pause fuhr sie fort.

„Wie kann ich Ihnen helfen? Gibt es etwas Neues?"

Andreas Wolf verneinte und wollte Judiths Aussage bestätigt wissen. Nein, behandelt habe der Chefarzt ihren Sohn als Kassenpatienten nicht, allerdings sei er bei verschiedenen Untersuchungen dabei gewesen. Sie vermute, dass Martens Fall von hohem medizinischen Interesse gewesen sei. Das habe sie auch schon in dem Oldenburger Klinikum gemerkt, in dem Marten stationär gewesen sei.

„Ist das von Bedeutung?“

„Das wissen wir noch nicht. Können Sie mit dem Namen Jennifer etwas anfangen? Ist das vielleicht der Name des Mädchens mit den dunklen Haaren, von dem Sie gestern sprachen?“

„Natürlich, Jenny hieß sie.“

„Eine letzte Frage: Können Sie mir den Namen und die Telefonnummer von Martens Klassenlehrerin geben? Ich würde mich gerne einmal mit ihr unterhalten.“

„Weshalb? Frau Flehsen wird Ihnen nichts Schlechtes über meinen Jungen berichten können.“

„Darum geht es nicht, Frau Meyer. Ich brauche einfach mehr Informationen über Ihren Sohn. Möglicherweise hatte er in der Schule Feinde, ich will nichts ausschließen.“

„Ja, wenn das so ist, gebe ich Ihnen gerne die Telefonnummer. Einen Moment bitte!“

Nachdem Andreas Wolf die Rufnummer notiert hatte, verabschiedete er sich von Frau Meyer. Er sei davon überzeugt, dass die Polizei bald auf neue Erkenntnisse stoßen werde.

Da Dr. Engelbrecht erst am frühen Nachmittag zu sprechen war, vereinbarte er mit der in Blexen wohnenden Lehrerin ein kurzes Treffen. Danach wollte er Martens Mitschüler Hendrik Bauer treffen, der nur wenige Straßen entfernt wohnte. Jennifer Schwartz hatte er auf die Mailbox gesprochen und sie gebeten, ihn möglichst bald zurückzurufen.

Urs Hinrichsen war nicht in seinem oder einem der Nachbarbüros, weshalb ihm Andreas Wolf eine kurze Notiz auf den Schreibtisch legte. Er hoffe, dass sein Kollege um drei Uhr bei der Befragung in der Wesermarschklinik dabei sein könne. ‚Engelbrecht hat Marten M. zumindest mitbehandelt!?‘.

Dann fuhr er mit seinem eigenen Pkw in das historische Blexen. Er war froh, der sengenden Hitze in seinem Büro entfliehen zu können. Bei den ab Mittag unerträglich hohen Temperaturen dort war es kaum möglich, einen kühlen Kopf zu bewahren. Und der Ventilator verstärkte ohnehin nur die Schmerzen im Nacken. Britta Flehsen wohnte in der Deichstraße unweit der St. Hippolyt-

Kirche. Die Fahrt über die Kreisstraße 188 war kürzer als erwartet. Der Kommissar entschied sich deshalb zu einem kleinen Rundgang durch das Pfarrgelände, das zu den ältesten im gesamten Kirchenkreis gehört. Leider war die eintausendzweihundert Jahre alte Wallfahrtskirche mit dem Münstermann-Altar geschlossen. Von hier aus waren im zwölften Jahrhundert mehrere Schiffe gestartet, um an den Kämpfen des dritten Kreuzzuges teilzunehmen. Andreas Wolf lief um den romanischen Bau herum und sah sich den Willehadusbrunnen an, der an den Missionsbischof Willehad erinnerte, der den Bremer Dom geweiht hatte und an dessen Grab es zu Wunderheilungen gekommen sein soll.

Unweit der Kirche entdeckte Andreas Wolf eine Bäckerei. Sein Magen knurrte. Seit dem Aal am Vorabend hatte er nichts mehr gegessen. Es war Zeit, dass sich daran etwas änderte. Noch während er überlegte, ob er es bei zwei trockenen Brötchen belassen sollte oder sich ein leckeres Teilchen gönnen konnte, musste er feststellen, dass die Bäckerei geschlossen hatte. Er fluchte auf die Mittagspause und fragte eine Passantin nach einem Lebensmittelgeschäft in der Nähe. Die Antwort war niederschmetternd. Der nächste Supermarkt sei in Einswarden oder er müsse direkt zum Nordseecenter fahren. Eine Imbissbude oder ein Café gebe es hier nicht, das Restaurant um die Ecke habe jedoch eine vielseitige und preisgünstige Mittagskarte. Andreas Wolf bedankte sich für diese ausführliche Information und seufzte. Für einen Restaurantbesuch fehlte ihm einfach die Zeit. Bis kurz nach zwei Uhr musste er unbedingt die zwei bevorstehenden Befragungen durchgeführt haben.

Diese verflixten norddeutschen Kleinstädte! Eine solch unzureichende soziale Infrastruktur würde man im Rheinland nicht finden. In Köln und auch in kleineren Ortschaften gab es überall Kioske, Schnellrestaurants und meist auch kleinere und größere Supermärkte. Was machten eigentlich die Bewohner hier, die keinen Führerschein hatten oder aufgrund ihres Alters nicht mehr in der Lage waren, ihre Besorgungen mit dem Fahrrad zu absolvieren? Die Busverbindung schien auch nicht gerade die beste zu sein. Wahrscheinlich war Ilonas Vorschlag, mitten in das Herz von Bremerhaven zu ziehen, in jeder Hinsicht goldrichtig gewesen. Auf der unteren Bürgermeister-Smidt-Straße war das gastronomische Angebot wenigstens mehr als ausreichend. Dort gab es neben einem Eiscafé und mehreren Italienern verschiedene Dönerbuden und Kneipen und zu seiner eigenen Überraschung sogar eine afrikanische Bar. Aber das half ihm in diesem Augenblick nicht. Er musste seinen Hunger zurückstellen.

VII.

Zeitgleich mit dem Kirchturmglockenschlag um dreizehn Uhr betrat Andreas Wolf die Wohnung der Hauptschullehrerin. Zum Glück war es auch hier dank der heruntergezogenen Jalousien angenehm kühl. Frau Flehsen bot ihrem Besuch einen Obstsaft an, den dieser dankend annahm. Die Lehrerin mit den vielen Sommersprossen und der goldenen Brille erwies sich als angenehme Gesprächspartnerin, obschon sie angesichts des plötzlichen Todes ihres Schülers unter Schock zu stehen schien.

„Was kann ich für Sie tun?"

„Erzählen Sie mir einfach von Marten Meyer!"

Andreas Wolf erfuhr, dass Britta Flehsen Martens Klasse bereits seit dem fünften Schuljahr unterrichtete. Marten war erst im Laufe des letzten Schuljahrs neu dazu gekommen, weil er wegen seiner Erkrankung zu oft gefehlt hatte und deshalb zurückversetzt werden musste. Der eher schweigsame Junge habe wenig Anschluss gesucht. Im Großen und Ganzen sei Marten ein angenehmer Schüler gewesen, interessiert und nicht dumm. Sie habe sich oft gefragt, ob er auf dem Realschulzweig nicht besser untergebracht gewesen wäre.

„In Bio hat er eine fantastische Facharbeit über die Nordseelagune geschrieben, aber in Mathe und Englisch waren seine Lücken einfach zu groß."

„Wie hat er die Krankheit verarbeitet?"

„Schwer zu sagen. Ich kannte ihn ja noch nicht so lange, aber ich glaube, dass er viel mit sich alleine ausgemacht hat. Das meint übrigens auch die Kollegin Gabriel, die ihn davor unterrichtet hat. Sie ist allerdings momentan mit ihrem Mann in Namibia."

„Hatte Marten denn gar keine Freunde?"

„Mama, der Leo hat einfach das letzte Eis aufgegessen!"

In dem Wohnzimmer mit den vielen Bücherregalen stand plötzlich ein blondes Mädchen im Alter von acht oder neun Jahren. Auf das Fußballspiel am Abend schien es sich mit seinem Deutschlandtrikot, dem schwarz-rot-gelben Armband und der entsprechenden Bemalung im Gesicht schon hinreichend vorbereitet zu haben. Frau Flehsen entschuldigte sich kurz und verließ mit ihrer Tochter den Raum.

Andreas Wolf nutzte die Zeit, um einen Blick auf die lange Bücherwand zu werfen. Für einen Vielleser wie ihn ein lukratives Angebot. Neben Fachliteratur aus dem pädagogischen und orthopädischen Bereich, der Mann war wahrscheinlich Arzt, stieß der Kriminalhauptkommissar auf eine äußerst umfangreiche Sammlung zeitgenössischer europäischer Schriftsteller, alles namhafte Autoren, die auch er zum Teil sehr schätzte. Beeindruckend war ebenso das Regal mit den vielen Gedichtsammlungen. Wer immer diese Bücher auch las, hatte Geschmack.

„Sie interessieren sich für Literatur?"

Andreas Wolf hatte Frau Flehsen nicht zurückkommen hören. Er fühlte sich irgendwie ertappt.

„Entschuldigen Sie, ich wollte nicht neugierig sein. Ja, sofern es die Zeit zulässt, lese ich viel."

Die Lehrerin lachte.

„Das geht mir und meinem Mann nicht anders. Aber leider bleibt bei unseren stressigen Jobs, dem Haushalt und den Zwillingen nicht viel freie Zeit. Sie haben es ja eben gesehen: kleine Kinder, kleine Sorgen – große Kinder, große Sorgen! Wo waren wir? Ach ja, Martens Freunde. Mit Hendrik Bauer hat er sich ganz gut verstanden. Ihn hatte ich auch gebeten, mit Marten den versäumten Stoff nachzuholen."

„Sagt Ihnen der Name Clarissa Engelbrecht etwas?"

Britta Flehsen schien zu überlegen. Sie ließ sich mit ihrer Antwort Zeit.

„Ist das der Name des toten Mädchens, das man neben Marten gefunden hat?"

Andreas Wolf nickte.

„Lassen Sie mich einen Augenblick nachdenken. Der Name kommt mir irgendwie bekannt vor. Ja, jetzt habe ich es wieder. Ist das nicht eine der Preisträgerinnen vom Titan-Turnier am letzten Wochenende? Natürlich, aber sie hat nicht den ersten Platz gemacht."

„Sie reiten?"

„Nein, aber wir haben uns mit den Kindern das Turnier angesehen. Und an den Namen kann ich mich erinnern, weil er irgendwie zu passen schien: Clarissa kommt aus dem Lateinischen und heißt wörtlich ‚die Berühmteste'."

„Danke für die Belehrung. Clarissa kann aber auch Elativ sein und damit ‚die sehr Berühmte' bedeuten."

„Kompliment! Aber um auf Marten zurückzukommen. Ich habe keine Ahnung, ob er eine Freundin hatte. Irgendwie schien diese Clarissa auch nicht zu ihm zu passen. Sie sah eher aus, als ob sie aus recht vermögenden Kreisen kommt."

„Eine andere Frage: Marten war ja recht sportlich. Soweit ich in Erfahrung bringen konnte, war er zumindest ein guter Handballspieler. Gibt es an Ihrer Schule vielleicht eine AG, an der er teilgenommen hat und über die er andere Freunde gehabt haben könnte?"

„Nein, nach seiner Erkrankung war der Junge vom Sportunterricht befreit. Wie das vorher gewesen ist, kann ich nicht beurteilen. Da müssten Sie sich an das Schulsekretariat wenden und den früheren Sportlehrer von ihm."

Andreas Wolf nickte und trank sein Glas leer.

„Mehr kann ich Ihnen leider wirklich nicht sagen. Die Schüler sind in der neunten Klasse oft extrem schwierig: Probleme mit sich, der Pubertät, der Familie und dann die Zukunftsängste: Bekomme ich einen Ausbildungsplatz oder wenigstens einen Job? Im Fernsehen haben sie gestern noch gesagt, dass die EU angesichts der leeren öffentlichen Kassen mittlerweile davon ausgeht, dass die heutigen Schüler frühestens mit siebzig Jahren in Rente gehen können. Die demografische Alterung schreitet schneller voran als erwartet. Kein Wunder eigentlich, dass viele Jugendliche bei diesen Zukunftsperspektiven auffällig werden, und mit denen beschäftige ich mich am meisten. Leider! Und Sie wissen ja, wie das heutzutage an den Hauptschulen ist: Mittelkürzungen, Lehrermangel, dadurch bedingte Burnout-Erkrankungen. Im letzten Schuljahr hat es wieder zwei Kollegen erwischt."

„Gibt es noch etwas, was Ihnen zu Marten Meyer einfällt?"

„Sie meinen, ob ich ihm einen Selbstmord zutraue."

„Zum Beispiel?"

Britta Flehsen schien ernsthaft nachzudenken.

„Nein, das glaube ich nicht. Nachdem, was er in der letzten Zeit gesundheitlich durchgemacht hat, halte ich einen Freitod für unwahrscheinlich. Die Prognosen waren doch gut, oder?"

„Soweit ich es beurteilen kann, schon. Frau Flehsen, fällt Ihnen sonst noch irgendetwas ein, was ich wissen sollte? Bitte überlegen Sie genau!"

„Nein, beim besten Willen nicht. Aber Sie sollten sich auf jeden Fall auch mit Hendrik unterhalten. Er wohnt hier in der Nähe, direkt hinter dem Deich in der Nähe der Weserfähre. Vielleicht haben Sie ja Glück und er ist zu Hause."

„Ist er, ich habe heute Vormittag mit ihm telefoniert. Ich werde ihm gleich einen Besuch abstatten."

Nachdem Andreas Wolf einen Blick auf seine Armbanduhr geworfen hatte, bedankte er sich bei Frau Flehsen für das Gespräch und verließ die Wohnung in der Deichstraße.

VIII.

Andreas Wolf wusste, dass er sich beeilen musste, wenn er Urs Hinrichsen nicht versetzen wollte. Die Befragung von Hendrik Bauer durfte nicht zu lange dauern.

Der leicht übergewichtige Junge, der den Polizisten in ein unaufgeräumtes Wohnzimmer geführt hatte, war allein zu Hause. Er war alles andere als gesprächig. Der Kommissar hatte das Gefühl, ihm jedes Wort einzeln aus der Nase ziehen zu müssen. Ja, er habe Marten häufiger getroffen, um mit ihm zu lernen. Nein, über die Krankheit hätten sie nie gesprochen. Ja, sie hätten manchmal zusammen am Computer gespielt. Nein, er wisse nicht, ob Marten eine Freundin gehabt habe.

„Mensch Hendrik! Jetzt spiel hier bitte nicht den Coolen, es geht vielleicht um Mord. Ist dir das klar?"

Der Junge grinste nervös und zündete sich eine Zigarette an.
„Ich kann Ihnen echt nicht weiterhelfen, sorry."

„Wart ihr eigentlich befreundet?"
„Weiß nicht."

„Was weißt du eigentlich?"
Andreas Wolf blickte sein Gegenüber scharf an.

„Dass Sie mit Ihren Fragen nerven!"
„Hendrik, das ist überhaupt nicht witzig. Ich kann dich auch vorladen lassen."

„Dann möchte ich wenigstens gesiezt werden. Oh Mann, okay, der Marten war manchmal hier und ich war zweimal bei ihm in Einswarden. Aber irgendwie auch nur, weil die Flehsen darauf bestanden hat. Und in den Ferien haben wir uns sowieso nicht gesehen. Sehe ich so aus, als ob ich nichts Besseres zu tun hätte, als in den Schulferien zu lernen? Ich bin doch kein Streber, Mensch. Kapieren Sie es jetzt?"

Andreas Wolf resignierte. Ehe er die Wohnung in der Leher Straße verließ, diktierte er dem pickeligen Fünfzehnjährigen seine Telefonnummer. Wenn ihm noch irgendetwas Wichtiges einfalle, möge er sich bitte bei ihm melden.

„Ach übrigens, Rauchen macht nicht nur schnell abhängig, sondern soll bei Akneproblemen alles andere als förderlich sein." Mit diesen Worten verließ der Kriminalhauptkommissar die Wohnung der Siedlungsgesellschaft.

Es war kurz vor zwei Uhr, als Andreas Wolf seinen Wagen Richtung Seenplatte in Blexersande lenkte. Urs Hinrichsen hatte ihm eine SMS geschickt und darum gebeten, in dem Nordenhamer Naherholungsgebiet eine kurze Lagebesprechung abzuhalten. Auch er habe wichtige Neuigkeiten zu berichten.

Andreas Wolf hatte das Radio laut aufgedreht, nachdem NDR 2 die aktuelle Hitzewelle in Europa hinreichend kommentiert hatte. Nicht nur Deutschland ächzte unter hohen Temperaturen, in ganz Europa schien es schlaflose Tropennächte, erste Hitzetote und ungewöhnlich viele tödliche Badeunfälle zu geben. Wenn der Klimawandel weiter voranschreite, erlebe Deutschland bis Ende des Jahrhunderts einen Sommer wie in Norditalien. Die Mitteltemperatur im Sommer sei signifikant gestiegen, auch wenn die gegenwärtige heiße Wetterlage unter anderem auf einer Strömung in fünf bis sieben Kilometern Höhe beruhe, die abwechselnd kalte Luft vom Norden und warme Luft aus dem Süden nach Deutschland bringe. Die Temperaturen seien momentan sehr stabil und es könne nicht ausgeschlossen werden, dass die Temperatur knapp an die des Rekordjulis 2006 heranreiche. Andreas Wolf wunderte sich, dass es nicht vermehrt zu Waldbränden kam.

Der im Radio jetzt angespielte alte Queensong ‚We are the

champions', der mit großer Wahrscheinlichkeit auf das zweite Halbfinalspiel am Abend einstimmen sollte, ließ den Kommissar auf andere Gedanken kommen. Auch wenn er sich bei diesen schleppenden Ermittlungen keineswegs als Gewinner vorkam, schmetterte er das Lied aus seiner eigenen Jugend lautstark mit. Trotzdem ärgerte er sich noch immer über diesen verstockten, arroganten und megacoolen Jugendlichen und das zähe Gespräch mit ihm. Ja, nein, ja, nein! Ein wenig mehr Lebendigkeit hätte diesem Jungen bestimmt nicht geschadet. Der Kriminalhauptkommissar musste unweigerlich grinsen. Sein Sohn Jochen hätte diesen Hendrik sicherlich spontan als ‚hängen gebliebenes Opferkind' beschrieben: unattraktiv, langweilig und aufgrund dessen für jede Peergroup uninteressant. Insgeheim schämte er sich für diesen Gedanken.

IX.

Der Seenpark hinter der Bundesstraße 212 war ein künstlich angelegtes Gelände mit großen Röhrichtflächen, das zahlreichen Haubentauchern und Reiherenten Unterschlupf gewährte. Nachdem im Zuge einer Deicherhöhung Unmengen von Erde benötigt worden waren, hatte die Gemeinde dieses Naherholungsgebiet mit seinen vielen Wiesen, Seen und Spazierwegen angelegt. Tafeln am Wegesrand informierten über die Besonderheiten des Biotops. Das Seengelände beherbergte eine der größten Flussseeschwalben-Kolonien. Nichts erinnerte hier an die deutsche Nordseeküste mit dem weiten Meer, dem schlickigen Watt, den Salzwiesen und Deichen.

Urs Hinrichsen erwartete bereits seinen Kollegen. Er hatte es sich auf einer Parkbank gemütlich gemacht und beobachtete den Einsatz der Feuerwehr, die mit mehreren Pumpen das sauerstoffarme Wasser umwälzte.

„Moin. Was macht der Aal?"

Andreas Wolf winkte ab und blickte fragend in Richtung Wasserfontänen.

„Den Fischen droht angesichts der mörderischen Hitze und dem fehlenden Regen der Erstickungstod. Der Angelsee hier liegt

zu windgeschützt und hat deshalb kaum Wellenbewegung. Jetzt versuchen die Ortswehren, den Sauerstoffgehalt im Wasser zu erhöhen. Zahlreiche Aale und Weißfische hat es allerdings schon erwischt. Keine Ahnung, ob sich da noch etwas machen lässt."
Die Männer schwiegen einen Moment, bis sich Andreas Wolf bewusst räusperte.

„Und was gibt es in unserem Fall Neues?"
Urs Hinrichsen atmete tief durch. Dann berichtete er mit einem Blick in sein Notizbuch von dem Telefonat mit der oldenburgischen Rechtsmedizin.

„Dr. Engelbrecht muss den Laden gestern regelrecht aufgemischt haben, denn mittlerweile haben wir nicht nur erste Ergebnisse über die beiden Jugendlichen, sondern auch über unseren Toten von heute Morgen. Anders als sonst haben die Oldenburger dieses Mal sogar versucht, halbwegs auf ihr Fachchinesisch zu verzichten. Zumindest habe ich nach einigen Recherchen verstanden, worum es geht."

„Und?", drängte Andreas Wolf.
„Sowohl Clarissa Engelbrecht als auch Marten Meyer sind an einer Digoxinvergiftung gestorben. Metildigoxine werden normalerweise verabreicht, wenn eine Herzinsuffizienz vorliegt. Eine Überdosierung kann am Herzen zu einem so genannten AV-Block dritten Grades führen und damit tödlich sein. Bei den beiden Jugendlichen muss dieses Herzglykosid übrigens besonders stark und schnell gewirkt haben. Metildigoxin darf nicht bei Nierenfunktionsstörungen eingenommen werden; für Marten mit seiner Vorerkrankung muss es mehr als kontraproduktiv gewesen sein und Clarissa mit ihrem extremen Untergewicht war ebenfalls geschwächt. Aber es kommt noch besser. Bei beiden wurden Spuren von Flunitrazepam nachgewiesen."

„Spuren von Flunies? Die kenne ich eigentlich eher aus der Junkie-Szene und als Partydroge."

„Mensch Wolf, jetzt lassen Sie mich doch erst einmal ausreden! Sie werden staunen."

„Also, dieses Benzodiazepin wird – wie Sie wahrscheinlich wissen – nach oraler Aufnahme nahezu vollständig vom Körper aufgenommen, weshalb die sedative Wirkung bereits nach einer Viertelstunde einsetzt. Das heißt, dass die Jugendlichen von ihrem Tod nichts mitbekommen haben. Die Dosis war ungewöhnlich hoch. "

„Weiß man schon, wie die beiden das Gift aufgenommen haben?"

„Ja, in beiden Mägen wurde Apfelsaft nachgewiesen. Aber es kommt noch besser. Bei Gerd Schneiders hat man ebenfalls Spuren von Metildigoxin und Flunitrazepam gefunden. Ich muss wohl nicht betonen, dass dies bei übermäßigem Alkoholgenuss und einer vorliegenden Leberschädigung lebensgefährlich ist. Todesursache ist bei ihm jedoch nicht die Intoxikation, sondern er ist schlichtweg an seinem Erbrochenen erstickt."

„Ebenfalls Apfelsaft?"

„Nein, den Giftcocktail hat er zusammen mit dem Rotwein aufgenommen, den wir heute Morgen neben der Leiche sichergestellt haben."

Andreas Wolf schluckte. Es fiel ihm schwer, die wirren Gedanken in seinem Kopf zu sortieren. Wo war die Verbindung zwischen den Toten, wo ein Motiv? Die weiteren Ausführungen seines Kollegen nahm er nur am Rande wahr.

Walter Andres hatte Urs Hinrichsen nach diesen Neuigkeiten sofort in sein Büro beordert. Die Tatortgruppe war mittlerweile um den Kollegen Rolf Gremmer erweitert worden. Er durchsuche zur Zeit zusammen mit Michael Scherer aus Burhave den gesamten Müll der Nordseelagune nach Apfelsaftflaschen.

„Bei dieser Hitze sicherlich kein Vergnügen! Und angesichts Ihres angeschlagenen Magens wollte ich Ihnen das ersparen."

Andreas Wolf nickte dankend, ehe er feststellte, dass man Selbstmord nun wohl ausschließen könne.

„Aber wer kann ein ernsthaftes Interesse an dem Tod zweier Jugendlicher und eines Obdachlosen haben? Ich denke, wir können davon ausgehen, dass die Opfer sich nicht gekannt haben."

Dann erzählte er von seinen eigenen, zähen Ermittlungen. Urs Hinrichsen hörte nur halbherzig zu. Innerlich bereitete er sich auf das Gespräch mit dem Chefarzt Dr. Hermann Engelbrecht vor. Sein neuer Kollege würde staunen, wenn er erfahren würde, was er im Zuge seiner heutigen Aktivitäten noch alles herausgefunden hatte.

X.

Es dauerte nicht lange, bis die Beamten vor der Wesermarsch-Klinik Nordenham, die vor gut anderthalb Jahren privatisiert worden war, standen. Urs Hinrichsen fragte bei der Anmeldung nach Dr. Engelbrecht und wurde gebeten, einen Moment zu warten. Gemeinsam mit seinem Kollegen sah er sich im Empfangsbereich der Klinik um.

„Mensch Wolf, stecken Sie doch wenigstens das Hemd in die Hose und waschen Sie sich auf der Besuchertoilette schnell die Farbreste aus den Haaren!"

Andreas Wolf tat wie ihm befohlen. Kurz darauf entnahm er dem Informationsmaterial des Hauses, dass die Klinik nach dem Grundsatz ‚Modern behandeln – menschlich begleiten' arbeitete. Der Patient stehe mit seiner Erkrankung, seinen Bedürfnissen und seinen Wünschen im Mittelpunkt der Arbeit, weshalb man ein weit gefächertes Qualitätsmanagement praktiziere: anonymisierte Patientenbefragung, strukturiertes Beschwerdemanagement, Qualitätszirkel und vieles mehr. Der Kommissar legte die Broschüre wieder zurück zu den anderen Flyern. Er glaubte zu verstehen, warum sich die Streiks unter den Medizinern in den letzten Jahren häuften: Leistungssteigerung, Stellenabbau und Unmengen an Überstunden einerseits, schlechte Bezahlung andererseits. Kein Wunder, dass so viele Ärzte ins Ausland abwanderten.

Es dauerte eine Viertelstunde, bis Dr. Engelbrecht seinen Besuch in Empfang nahm. Der Arzt schlug vor, das Gespräch außerhalb der Klinik zu führen.

„Dann komme ich wenigstens mal an die frische Luft und wir sind ungestört."

„Was kann ich für Sie tun?", fuhr er fort, als sie die lange Zufahrtsstraße entlanggingen.

Andreas Wolf fragte ohne Umschweife nach Marten Meyer, woraufhin Dr. Engelbrecht schroff entgegnete, diese Frage bereits gestern hinreichend beantwortet zu haben. Es war Urs Hinrichsen, der ein Tatortfoto aus seinem Sakko zog.

„Und kennen Sie diesen Jungen?"

Der Mann in dem weißen Kittel erbleichte, als er seine Tochter leblos auf dem Foto sah. Er schluckte.

„Herr Dr. Engelbrecht?"

„Das, das ist doch Jan, oder?"

Urs Hinrichsen nickte und klärte das Missverständnis auf. Jan Marten Meyer wurde bei der Krankenkasse unter seinem ersten Namen geführt, sein Rufname war allerdings Marten.

„Sie kannten den Jungen gut?"

„Nein, aber Jan, ich meine dieser Marten war in medizinischen Kreisen bekannt. Ein beidseitiges adultes Nephroblastom, das ist nicht nur in Deutschland selten."

„Wissen Sie etwas über seine Prognosen?"

„Ich unterliege der medizinischen Schweigepflicht."

„Herr Dr. Engelbrecht, der Junge ist tot, Ihre Tochter ebenso! Also?"

Der Ton von Urs Hinrichsen war grob.

„Soweit ich weiß, gut. Neunzig Prozent aller erkrankten Kinder können heutzutage langfristig geheilt werden. Jan, ähm Marten Meyer war – wie gesagt – ein besonderer Fall."

„Entwickeln nicht einige der jungen Patienten als Spätfolge der Behandlung mit Chemo- und Strahlentherapie eine neue Krebserkrankung?"

„Wir bemühen uns um eine engmaschige Kontrolle nach der Behandlung, um somit eine neuerliche Bildung von Tochtergeschwülsten in der Lunge ausschließen zu können und auch, um ein neuerliches Auftreten des Tumors früh zu erkennen. Deshalb war Marten ja auch hier."

„Sie wussten wirklich nichts von der Freundschaft Ihrer Tochter mit dem Jungen?"

Der Arzt schüttelte den Kopf. Nein, das sei ihm völlig neu. Clarissa habe ihn zwar in der letzten Zeit häufiger in der Klinik besucht, worüber er sich sehr gefreut habe. Aber über Jan Marten habe sie nie mit ihm gesprochen.

„Wissen Sie, ich war froh, dass sie auch einmal etwas anderes als Sport machte. Und zugenommen hatte sie auch, jedenfalls etwas."

„Ihre Tochter war magersüchtig. War sie in therapeutischer Behandlung?"

Dr. Engelbrecht blieb abrupt stehen. Er senkte den Kopf und sprach mit leiser Stimme.

„Nein, Clarissa und leider auch meiner Frau fehlte jegliche Krankheitseinsicht. Mir waren die Hände gebunden. Ich habe gegen eine Wand geredet, immer wieder."

Das sich daran anschließende Schweigen war beklemmend. Urs Hinrichsen räusperte sich.

„Sagt Ihnen der Name Gerd Schneiders etwas?"

Dr. Engelbrecht schien zu überlegen. Ja, der Name komme ihm bekannt vor, er könne ihn im Moment jedoch nicht zuordnen.

Urs Hinrichsen klärte seine sichtlich verwirrten Gegenüber auf.

„Gerd Schneiders hat im Dezember 2008 versucht, Ihnen das Portemonnaie auf dem Weihnachtsmarkt zu entwenden. Sie haben damals Strafanzeige gegen ihn erstattet. Sind Sie ihm in der letzten Zeit noch einmal begegnet?"

Der Arzt schüttelte erneut den Kopf, dieses Mal jedoch vehement. Nein, mit Verlaub, er verkehre nicht in Pennerkreisen. Plötzlich hielt er inne.

„Ist das der Tote, der heute Morgen am Bahnhof mit einer Polyintoxikation aufgefunden wurde?"

Die Kommissare nickten. Es war Urs Hinrichsen, der das Schweigen brach.

„Eine andere Frage: Sie sagten gestern, dass Sie neben Ihrer Chefarztanstellung an der Klinik in der Forschung tätig sind. Woran genau arbeiten Sie?"

„Ich arbeite an einem Länder übergreifenden Projekt mit, das beim Nephroblastom, also beim Wilmstumor, neue Behandlungsmöglichkeiten, Medikamente beziehungsweise Medikamentenkombinationen für die Chemotherapie und hoch dosierte Chemotherapien mit Knochenmark-Re-Infusion untersucht. Bin ich jetzt tatverdächtig?"

Der Arzt konnte sich ein spöttisches Lächeln nicht verkneifen.

„Gehörte Marten zu Ihren Probanden?"

„Es reicht, Herr Hinrichsen! Finden Sie lieber den Mörder meiner Tochter! Und klären Sie, wie es zu der Toxikation durch den Apfelsaft kam!"

Dr. Engelbrecht warf einen Blick auf seine Uhr.

„Entschuldigen Sie, meine Herren. Ich habe in fünf Minuten eine wichtige Dienstbesprechung. Ich wünsche Ihnen noch einen schönen Tag."

Der Chefarzt drehte sich abrupt um und ließ die verdutzten Polizisten stehen. Es war Andreas Wolf, der als Erster die Sprache wiederfand.

„Eigentlich hatte ich ihn noch fragen wollen, ob seine Frau das Notebook von Clarissa manipuliert haben könnte. Aber dann hätte sich der Herr Doktor wahrscheinlich direkt an oberster Stelle über uns beschwert."

„Davon ist auszugehen, zumal ich gerne gewusst hätte, ob Clarissa Zugang zu Medikamenten hatte."

„Wer hat ihm eigentlich von dem Apfelsaft und Gerd Schneiders erzählt?"

„Ich gehe mal davon aus, dass seine Kollegen aus Oldenburg ihn informiert haben. So, und jetzt statten wir seiner verehrten Frau Gemahlin einen Besuch ab. Andres wird mich nachher ohnehin lynchen."

XI.

Urs Hinrichsen sollte sich irren. Als die Kriminalhauptkommissare am Nachmittag das Dienstgebäude in der Walther-Rathenau-Straße betraten, war Walter Andres nicht mehr im Haus. Erleichtert betraten die Beamten ihre Büros, um in der Hitze über ihren Berichten zu brüten. Andreas Wolf fiel es schwer, sich auf die einzelnen Formulierungen zu konzentrieren. Ihm fehlte der Abstand zu dem Tagesgeschehen. Außerdem knurrte sein Magen. Das Klingeln seines Handys riss ihn aus seinen holprigen Sätzen heraus. Eine gewisse Jenny Schwartz meldete sich zu Wort. Ja, sie habe Marten Meyer sehr gut gekannt, schließlich sei sie seine Freundin gewesen. Da sie im Moment einen Ferienjob in einem Eiscafé habe, könne sie heute nicht mehr auf dem Polizeikommissariat vorbeikommen. Morgen Vormittag könne sie es allerdings einrichten.

Andreas Wolf widmete sich wieder seinem PC. Wenigstens die heutige Befragung von Frau Engelbrecht war zu seiner Zufriedenheit verlaufen. Nachdem er gedroht hatte, Clarissas Notebook von einem Spezialisten untersuchen zu lassen, war die Frau sofort geständig gewesen. Ja, sie habe all das gelöscht, was ein schlechtes Licht auf ihre Tochter und Familie hätte werfen können, also alles, was mit ihrer Diät zusammenzuhängen schien. Für die Ermittlungen der Polizei sei das ohnehin unerheblich. Natürlich habe Clarissa keinen Zugang zu Medikamenten gehabt, und als der Kollege Hinrichsen dann nach eventuellen Partydrogen gefragt hatte, wäre er beinah des Hauses verwiesen worden. Wow, diese zierliche Frau konnte richtig aufbrausen. Was die Polizei sich heutzutage alles erlaube? Ihre Tochter habe gewiss nicht in kriminellen Kreisen verkehrt, sie habe sich noch nie etwas zu Schulden kommen lassen. Die Polizisten sollten sich lieber diesen Jungen aus Einswarden vorknüpfen. Andreas Wolf hatte schließlich das Thema gewechselt und war auf den Apfelsaft zu sprechen gekommen.

Michael Scherer war nämlich in Burhave mittlerweile fündig geworden. Er hatte zusammen mit dem Kollegen Rolf Gremmer insgesamt siebenundzwanzig leere Flaschen und einundvierzig Tetrapacks Apfelsaft beziehungsweise Apfelschorle sichergestellt. Der Saft war bei dieser Hitze eben der ideale Durstlöscher.

Andreas Wolf leerte die halb volle Wasserflasche neben sich und widmete sich dem Schlussteil seines Berichts. ‚Der im Haushalt der Familie Engelbrecht befindliche Apfelsaft wurde im Einverständnis mit der Mutter des Opfers konfisziert. Die telefonische Rückfrage bei der Mutter des zweiten Opfers war negativ. Nach Aussage von Frau Meyer gibt es in ihrer Wohnung keinerlei Saftvorräte.'

Der Beamte überflog noch einmal seinen Tagesbericht, mit dem er angesichts verschieden er unglücklich gewählter Formulierungen nur bedingt zufrieden war. Dennoch speicherte er den Text ab. Noch während er den Bericht ausdrucken ließ, schaltete er das Radio ein. NDR 2 beendete gerade seine Siebzehnuhrnachrichten mit dem Wetterbericht.

Für die Nacht wurden für den gesamten Norden heftige Gewitter vorausgesagt, teils mit starken Orkanböen. Die Unwetterwarnung gelte insbesondere für die deutsche Nordseeküste. Andreas Wolf atmete erleichtert durch. Ein Wetterwechsel war ihm alles andere als unangenehm. Spontan beschloss er, nach diesem anstrengenden Arbeitstag heute nicht seiner gewohnten Freizeitbeschäftigung als Maler und Anstreicher nachzugehen. Heute war ihm nach einem spannenden Public Viewing, einer Flucht in eine Welt jenseits von Morden und anderen Verbrechen. Und vorher würde er Urs Hinrichsen zum Essen einladen. Die Zusammenarbeit mit dem neuen Kollegen gestaltete sich außerordentlich gut.

Der Nordenhamer mit dem Vollbart und der Nickelbrille – Jochen hätte wahrscheinlich von einem Harry-Potter-Modell gesprochen – hatte eine offene Art, die einem Rheinländer einfach gefallen musste. Manchmal war er vielleicht bei seinen Ausführungen über das Leben im Norden zu detailverliebt und belehrend. Aber summa summarum waren die Gesprächsinhalte nicht uninteressant. In seiner Kölner Zeit hatte der Kriminalhauptkommissar mitunter ganz andere Dinge erlebt: ständige Rivalitäten, unzureichende Kommunikation, fehlende Transparenz.

„Eine gute Idee, Herr Kollege. Die Hitze in den Büros ist ja nicht mehr feierlich", kommentierte der durchgeschwitzte Urs Hinrichsen die spontane Einladung. Andreas Wolf grinste.

„Setzt Ihnen die Hitze nicht so zu?"

„Schon, aber im Rheinland sind diese hohen Temperaturen noch viel unerträglicher. Hier geht immerhin ein leichter Wind. In Köln steht die Luft. Außerdem kann ich Entwarnung geben. In den Nachrichten haben sie eben für heute Nacht massive Gewitter angekündigt."

XII.

Urs Hinrichsen schlug vor, im Restaurant ‚Weserterrassen' zu Abend zu essen. Die Küche sei gut und man habe von der überdachten Sommerterrasse aus einen herrlichen Blick auf die Unterweser. Außerdem sei dort nicht mit den nervigen Vuvuzelas (Blasinstrument, Symbol des afrikanischen Fußballs) zu rechnen. Von der Idee, vorab einen kurzen Spaziergang über die Strandpromenade einzuschieben, war Andreas Wolf alles andere als begeistert. Er hatte Hunger, wollte jedoch nicht unhöflich erscheinen und stellte deshalb seinen Wagen in der Nähe des Weserufers ab.

Die Polizisten stiegen aus und schlenderten kurze Zeit später über die neu angelegte Weser-Strandpromenade, einen schlangenartig verlaufenden Weg. Schweigsam liefen sie durch die Dünenlandschaft, vorbei an dem riesigen Spielplatz, auf dem noch viele Kinder spielten. Jeder hing seinen Gedanken nach. Es war Urs Hinrichsen, der das Gespräch eröffnete.

„Wussten Sie eigentlich, dass zehn Prozent der Bevölkerung Nierenanomalien haben? Oft bleiben sie ein Leben lang unerkannt."

Andreas Wolf schüttelte den Kopf. Er war immer noch mit der Frage beschäftigt, wer ein Interesse an dem Tod der beiden Jugendlichen und des Obdachlosen haben konnte. Es irritierte ihn, dass Urs Hinrichsen zwar auf seine Einladung zum Essen eingegangen war, aber seine Zustimmung an eine Bedingung geknüpft hatte. Der gemeinsame Abend solle nicht in eine inoffizielle Dienstbesprechung ausarten. Konkret bedeutete das, dass Gespräche über Clarissa Engelbrecht, Marten Meyer und Gerd Schneiders in den nächsten Stunden tabu waren.

„Darf ich fragen, was Sie in den Norden verschlagen hat?"
Mit wenigen Worten erzählte Andreas Wolf von der Asthmaerkrankung seiner Tochter, deren gesundheitlicher Zustand sich in den letzten Jahren verschlechtert habe.

„Das Nordseeklima tut ihr gut. Letztes Jahr haben wir hier in der Gegend übrigens noch einen Kurzurlaub gemacht, in Tossens. So, und wie ich Sie einschätze, wollen Sie jetzt bestimmt wissen, warum wir nach Bremerhaven und nicht nach Nordenham gezogen sind, oder?"

Der Nordenhamer grinste. Er erfuhr, dass Ilona Wolf das Rheinland nur ungern verlasse. Sie sei gebürtige Kölnerin und genieße das bunte Leben in der Großstadt.

„Manchmal habe ich richtiggehend Angst vor dieser Veränderung für uns alle. Werden wir als Großstädter uns jemals hier heimisch fühlen?"

Urs Hinrichsen ließ sich mit seiner Antwort Zeit. Ja, der Umzug sei sicherlich ein nicht zu unterschätzender Einschnitt für die fünfköpfige Familie. Aber zumindest als gebürtiger Tettenser lasse es sich hier gut leben. Die Region habe viele Vorteile: die Nähe zu der Seestadt Bremerhaven, der Universitätsstadt Oldenburg, eine einmalige Natur und zumindest auf dieser Weserseite gebe es noch eine extrem ausgeprägte Nachbarschaftshilfe. Das schätzten im Übrigen auch die nach Tettens Zugezogenen.

„Treiben Sie und Ihre Familie Sport?"

„Sehe ich so aus?"

Der Achtundvierzigjährige zeigte lachend auf seinen Bauchansatz. Früher habe er in der Altherrenmannschaft Fußball gespielt, aber das sei Ewigkeiten her. Eine Zeit lang sei er regelmäßig gejoggt, was er aber nach einer Achillessehnenverletzung habe einstellen müssen. Dann habe er sich in einer Muckibude versucht, wo er nach wenigen Trainingsstunden durch eine monatelange passive Mitgliedschaft geglänzt habe. Und das Rennradfahren musste ich vergangenes Jahr wegen meiner Nackenprobleme einstellen, leider."

Mit Wehmut dachte Andreas Wolf an sein heiß geliebtes Pinarello-Rennrad mit der luxuriösen Campagnolo-Ausstattung, das er seinerzeit notgedrungen Jakob vermacht hatte, der es jetzt lediglich dazu benutzte, um zur Uni zu fahren.

„Wieso fragen Sie?"

„Nun, zumindest auf dieser Weserseite gibt es ein umfassendes Sportangebot. Soweit ich weiß, hat allein Nordenham über einhundertsechzig Vereine. Einige haben natürlich auch kulturelle und soziale Ausrichtungen. Warum entscheiden Sie sich nicht für das Luftkegeln?"

Urs Hinrichsen grinste.

„Für was?"

In den nächsten Minuten erfuhr der neu Zugezogene, dass es im Norden tatsächlich ein Spiel gab, bei dem die Kugel, mit der die Kegel umgeworfen werden mussten, an einer langen Kette hing. Andreas Wolf musste lachen.

„Es gibt nichts, was es nicht gibt. Haben Sie eigentlich extra für mich den Reiseführer auswendig gelernt? Was hat diese Gegend denn noch alles zu bieten?"

Urs Hinrichsen errötete. Er wollte nicht preisgeben, dass Walter Andres ihn gebeten hatte, dem neuen Kollegen beim Einleben in der Wesermarsch behilflich zu sein. Deshalb fügte er scherzhaft hinzu: „Zum Beispiel den Anfang des neunzehnten Jahrhunderts größten Privathafen der Welt. Oder hier, lesen Sie das Plakat."

Andreas Wolf blieb stehen, um den Text auf dem leuchtend grünen Plakat zu lesen. ‚30. Großensieler Fischmarkt mit Hafentag am 10. + 11 .07. 2010'. Nein, unabhängig von seinen Renovierungsplänen schied diese Veranstaltung nach seiner gestrigen Erfahrung mit dem Aal definitiv für ihn aus. Dementsprechend verzerrte er das Gesicht.

Das letzte Stück bis zum Restaurant liefen die Männer schweigend nebeneinander her. Urs Hinrichsen versuchte sich vorzustellen, wie es wäre, wenn er seine Heimat verlassen müsste. Neben seinen Freunden und Verwandten würde er vor allem diese Landschaft mit ihrer Weite, dem Wasser, den im Wind rauschenden Reetgräsern und den bizarren Wolkenformationen vermissen. Unvorstellbar!

XIII.

Urs Hinrichsen hatte nicht zu viel versprochen. Der Blick auf die Unterweser in der Abendsonne war einfach traumhaft. Mehrere Segelboote kreuzten hier, der Yachthafen war nicht weit entfernt. Hin und wieder fuhren Frachtschiffe vorbei, die Sand oder Erze geladen hatten. Die Speisekarte des Restaurants konnte sich ebenfalls sehen lassen. Andreas Wolf konnte sich nach dem gestrigen Aal nicht für ein Fischgericht erwärmen. Er schwankte lange zwischen dem Rumpsteak ‚Tiroler Art' mit Zwiebelringen und dem Geschnetzelten von der Hühnerbrust in leichter Currysauce. Er entschied sich schließlich für Letzteres und sollte seine Entscheidung nicht bereuen. Die üppige Portion ließ keine Kritik zu.

Während des Essens diskutierten die Beamten kontrovers über das bevorstehende WM-Halbfinalspiel in Durban. Andreas Wolf räumte den Deutschen die größeren Chancen ein, Urs Hinrichsen der spanischen Mannschaft. Sie konnten sich nicht einigen, weshalb Andreas Wolf schließlich vorschlug, eine Wette zum Ausgang der WM abzuschließen. Urs Hinrichsen erklärte sich einverstanden.

„Okay, der Verlierer von uns zahlt ein Essen bei uns im Tettenser Landgasthaus."

„Glauben Sie etwa an dieses Tintenfisch-Orakel Paul aus dem Oberhausener Großaquarium?"

„Nein, obwohl es schon komisch ist. Wenn Spanien tatsächlich gewinnen sollte, hat dieses Tier alle sechs deutschen Spiele korrekt vorhergesagt. Aber jetzt im Ernst: die Spanier haben meines Erachtens einfach mehr Erfahrung und sind seit Jahren aufeinander eingespielt. Ich denke, das wird sich heute zeigen."

„Dafür haben wir aber England und Argentinien, den großen Favoriten, nur so vom Platz gefegt. Unsere Jungs sind nicht mehr zu bremsen."

„Nein, ich bleibe dabei. Die Deutschen waren echt mehr als gut, aber irgendwann ist Schluss. Sie werden es sehen."

„Also doch Anhänger des Orakels Paul?", feixte Andreas Wolf.

„Nein, definitiv nicht! In der Zeitung stand heute übrigens, dass die Chance, dass diese Krake jedes der sechs Spiele richtig tippt, bei unter zwei Prozent liegt."

Andreas Wolf überlegte einen Augenblick.

„Na, klar. Anderthalb hoch sechs. Moment, das muss ich gerade mal nachrechnen."

Er holte sein Handy hervor und betätigte einige Tasten.

„Stimmt, knapp einskommasechs Prozent."

Urs Hinrichsen war überrascht. Trotz mehrfacher Erklärungsversuche blieb die Rechnung für ihn ein schier unlösbares Rätsel.

„Warum sind Sie eigentlich nicht Lehrer geworden?"

Andreas Wolf verdrehte die Augen. Die schulische Begleitung dreier Kinder reiche ihm völlig und das heutige Gespräch mit Martens Klassenlehrerin habe ihm noch einmal verdeutlicht, wie schwierig und komplex die Ausübung dieses Berufs heutzutage ist.

„Also, ich tippe drei zu eins gegen Spanien? Und Sie?"

„Zwei zu null für die Iberer!"

Die Männer schlugen ein. Es war Urs Hinrichsen, der seinem Gegenüber wenig später das Du anbot. Andreas Wolf prostete dem Weintrinker mit seinem Mineralwasser zu.

„Auf eine gute Zusammenarbeit, Urs."

„Prost, Andreas!"

Zum Abschluss des Abends gönnten sich beide einen kleinen Cognac. Nachdem sie gezahlt hatten und zum Wagen zurückgegangen waren, fuhr Andreas Wolf seinen Kollegen nach Hause. Er musste schmunzeln, als er das alte Reetdachhaus sah, in dem Urs Hinrichsen seit seiner Kindheit lebte. Was für ein Kontrast zur Großstadt!

„Danke fürs Bringen, Andreas! Bis morgen!"

Die erste Halbzeit des Spiels hatte längst begonnen, als Andreas

Wolf seinen Wagen in der Gildemeisterstraße abstellte. In dem belebten Stadtviertel war um diese Uhrzeit noch richtig viel los, obwohl das eigentliche Public Viewing in der Fußgängerzone stattfand. In den vielen Kneipen und Restaurants verfolgten Einheimische und Touristen gebannt den Verlauf des Spiels. Urs Hinrichsen sollte Recht behalten. Gegen die erfahrenen Spanier hatten die Deutschen mit ihrem zurückhaltenden Spiel nicht den Hauch einer Chance. Sie verloren 1:0.

Während Andreas Wolf die Niederlage der deutschen Mannschaft bei einem letzten Bier im ‚Café de Fiets' realisierte und sich gleichzeitig auf die nächste ungemütliche Nacht in seinem Schlafsack vorbereitete, stand Urs Hinrichsen schweigend auf dem Tettenser Deich. Sein Blick wanderte über die Salzwiesen, das auflaufende Brackwasser und die hinter den Weserinseln liegende Skyline von Bremerhaven. Über mehrere Kilometer leuchteten die Stromkaje (Kaimauer entlang der Strömungsseite eines Flusses) und die vielen Lichter des gesamten Überseehafens. Man wurde das Gefühl nicht los, von dem Deich aus auf eine riesige Metropole zu sehen.

Urs Hinrichsen war insgeheim froh, dass dieser Fußballwahn endlich ein Ende gefunden hatte. Schon seit Tagen widerstrebte es ihm, dass es in Deutschland kein anderes Thema mehr zu geben schien. Andere sportliche Ereignisse, wie der Wimbledon-Sieg des Spaniers Rafael Nadal, die gerade gestartete Tour de France oder das bald in Hamburg stattfindende Deutsche Derby wurden allenfalls am Rande erwähnt. Und über die aktuellen politischen Geschehnisse redete ohnehin niemand mehr. Die komplizierte Bundespräsidentenwahl vergangene Woche war in Vergessenheit geraten und selbst die Ölkatastrophe im Golf von Mexiko, die mittlerweile achthundert Kilometer Küste verseucht hatte, schien niemanden ernsthaft zu interessieren. Außerdem hatte die spanische Mannschaft einfach den besseren Fußball gespielt. Da gab es nichts zu beschönigen.

I. Donnerstag, 8. Juli 2010

Wie zahlreiche Urlauber auch, flanierte Andreas Wolf über die Strandallee in Tossens. Es tat ihm gut, den freien Vormittag außerhalb des Büros und in Ferienstimmung zu verbringen. Das Vanillesahneeis war herrlich und die Sonne prophezeite einen weiteren warmen Sommertag. Am Himmel war keine einzige Wolke zu sehen, die in diesen Tagen aufziehenden Schönwetterwolken bildeten sich normalerweise erst gegen Mittag, wenn die Sonne den Boden genügend aufgeheizt hatte. Andreas Wolf ärgerte sich, weil es ihm immer noch nicht gelang, die verschiedenen Möwen- und Schwalbenarten zu unterscheiden. Lach- und Sturmmöwen ähnelten sich im Flug einfach zu sehr, ebenso Küsten- und Raub-Seeschwalben.

Er schlenderte an der Pizzeria und dem griechischen Restaurant vorbei, vor dem mehrere Tische zur Einkehr einluden. Dabei beobachtete er die vielen Menschen um sich herum. Die meisten waren um diese Uhrzeit auf dem Weg zum Strand, andere waren mit dem Fahrrad oder Tretmobil unterwegs, um die Gegend zu erkunden. Just in dem Moment, als er den Parkplatz erreicht hatte, riss ihn das Schreien eines Urlaubers aus seinen Gedanken.

„Hilfe, Polizei!"

Andreas Wolf warf sein Eis weg und rannte, so schnell er es vermochte, die etwa fünfzig Stufen zu der Deichkrone hinauf. Von dort erblickte er links neben dem blauen DLRG-Rettungshäuschen ‚Wattenkieker' ein Meer von Schaulustigen, das sich auf dem Spielplatz des Piratenstrandes gebildet hatte. Wenige Sekunden später kämpfte sich der Kommissar mühsam und mit Krafteinsatz durch den weichen Sand und die neugierige Menge. Was er dann sah, ließ ihn erschauern.

In der Kajüte der aus Holz nachgebauten ‚Santa Maria' lagen zwei Kinderleichen in den Trikots der deutschen Nationalmannschaft. Der Mörder hatte die leblosen Körper so aneinander gefesselt, dass sie unweigerlich an Marionetten erinnerten. Die Gesichter des Jungen und des Mädchens waren zu Grimassen verzerrt, die Münder waren geknebelt worden. Andreas Wolf schrie auf, um im selben Augenblick zusammenzubrechen. Vor ihm lagen die Leichen seiner eigenen Kinder, die toten Körper von Jochen und Julia.

Andreas Wolf zitterte am ganzen Körper. Seine Hände umkrampften den Reißverschluss seines Schlafsacks. Dann wurde er endgültig wach und sich seines Albtraums bewusst. Sein T-Shirt und seine Haare waren völlig durchgeschwitzt und klebten an seinem Körper. Draußen tobte derweil ein gigantisches Sommergewitter. Blitze zuckten, es donnerte gewaltig, ein wahres Naturschauspiel.

Es dauerte einen Augenblick, bis der Kriminalbeamte aufstand, um in der Küche ein Glas Wasser zu trinken. Immer noch zitternd ließ er sich auf einem Farbeimer nieder. Die lauten Hagel- und Starkregenschläge gegen die Fenster der Altbauwohnung nahm er nur am Rande war. Er fluchte laut. Dieser Fall übertraf einfach alles, was er in seinem beruflichen Werdegang bislang erlebt hatte. Drei Tote innerhalb von zwei Tagen. Er konnte nur hoffen, dass er es nicht mit einem Psychopathen zu tun hatte, der sich als Serienmörder zu verewigen versuchte.

Ein Blick auf die Armbanduhr verriet ihm, dass es kurz nach vier Uhr war. Am liebsten hätte er jetzt mit Ilona telefoniert und auch die Stimmen seiner Kinder gehört, zumal er nach diesem Traum an den vergangenen Pfingsturlaub in Tossens zurückdenken musste: an das Drachenfest, die Schatzsuche von Julia am Piratenstrand, Jochen hatte an diesem verlängerten Wochenende seine Leidenschaft für das Beach-Volleyball entdeckt. Es waren wirklich schöne und erholsame Tage dort gewesen, auch als die Familie die stundenlange Wattwanderung gemacht hatte.

In diesem Moment ärgerte er sich über seine eigene Nachlässigkeit. Nach dem gestrigen Abend mit Urs Hinrichsen hatte er es versäumt, rechtzeitig zu Hause in Köln anzurufen. Mit Ilona hatte er zwar noch kurz gesprochen, aber beide Kinder hatten das Deutschlandspiel bei Jochens Patentante im Fernsehen sehen wollen, nachdem sie am Dienstag mit ihr und ihrem holländischen Freund bereits beim Public Viewing in der Kölnarena gewesen waren. Nein, in diesem Moment hatte Andreas Wolf das Gefühl, bald zu denjenigen Vätern zu gehören, die ständig ihre eigenen Bedürfnisse vor die der Kinder stellten. Aus diesem Grund und weil er wusste, dass er ohnehin nicht wieder einschlafen würde, begann er, in den Kinderzimmern die Fußleisten, Fenster- und Türrahmen abzukleben. Er musste unbedingt mit seinen Renovierungsarbeiten vorankommen.

II.

Das nächtliche Gewitter schien nicht nur den Himmel verdunkelt zu haben. Walter Andres war wütend. Dr. Engelbrecht hatte sich nicht nur - wie befürchtet - an höchster Stelle über seine Mitarbeiter beschwert, die Kommissare Urs Hinrichsen und Rolf Gremmer waren außerdem heute nicht pünktlich zur Arbeit erschienen. Letzterer hatte zwar angerufen, er habe wegen seines in der Nacht voll gelaufenen Kellers die Feuerwehr rufen müssen, aber das schien den Leiter des Polizeikommissariats nicht zu interessieren.

„So selten wie ein Kopf ohne Nagel, so selten ein Juli ohne Hagel", kommentierte er die Gewitterfront, die in anderen Teilen Deutschlands große Schäden hinterlassen hatte.

Andreas Wolf erreichte seinen Kollegen Urs über das Handy. Er hatte schlichtweg verschlafen, weil in der Nacht unweit seines Hauses der Blitz eingeschlagen hatte und daraufhin der deaktivierte FI-Schalter die gesamte Stromversorgung einschließlich der des Radioweckers lahm gelegt hatte. Notgedrungen musste Walter Andres, dem Unpünktlichkeit zuwider war, den Beginn seiner Dienstbesprechung auf neun Uhr verlegen.

Mit erregter Stimme fasste er die bisherigen Untersuchungsergebnisse zusammen. Dann forderte er Rolf Gremmer auf, die Krankenhäuser, Ärzte und Apotheken der Umgebung wegen möglicher Metildigoxin- und Flunitrazepam-Ausgaben zu kontaktieren. Er selbst werde sich um die Presse kümmern - für elf Uhr sei eine Konferenz anberaumt - und Urs Hinrichsen und Andreas Wolf sollten weiter im Umfeld der Opfer recherchieren.

Andreas Wolf hörte nur halbherzig zu. Merkwürdig, sein neuer Vorgesetzter erschien jeden Morgen in demselben braunen Anzug. Nur die Krawatten und Hemden waren unterschiedlich. Heute war es ein weißes Hemd mit einem beige-braun gestreiften Schlips, der zu der großen Hornbrille passte. Ob Walter Andres jemals Jeans trug? Wie viele dieser unmodischen Anzüge er wohl besaß? Andreas Wolf verdrehte die Augen, als er hörte, dass sein Chef über kriminaltechnologische Weisheiten dozierte.

„Achtzig Prozent aller Tötungsdelikte sind Beziehungstaten. Ermitteln Sie von innen nach außen. Beginnen Sie bei den engsten Bezugspersonen und arbeiten Sie sich sukzessive ausdehnend bis an den Rand des persönlichen Umfelds vor, aber bitte so, dass es nicht gleich wieder Beschwerden hagelt! Haben wir uns verstanden?“

Urs Hinrichsen und Andreas Wolf nickten, als plötzlich der Kollege Holger Janisson mit hochrotem Kopf in die Besprechung hereinplatzte.

„Können Sie nicht anklopfen?“, fuhr Walter Andres ihn an.

„Entschuldigung Chef, aber unten sitzt der Filialleiter einer Supermarktkette, der erpresst wird. Fünfzigtausend Euro soll er zahlen, andernfalls würden weitere Getränke vergiftet. Die Geldübergabe soll im Columbuscenter erfolgen. Ich dachte, das interessiert Sie. Außerdem gab es gerade in der Zentrale einen anonymen Anruf. Ein Jogger hat auf L I die Leiche einer Frau gefunden.“

Walter Andres sprang auf und setzte sich sogleich wieder. Es dauerte einige Minuten, bis er angesichts dieser Neuigkeiten einen Notfallplan entwickelt hatte. Andreas Wolf und Urs Hinrichsen sollten sich nun um die Tote auf der Halbinsel kümmern, er selbst werde den Erpressungsversuch in die Hand nehmen. Die Pressekonferenz müsse notgedrungen auf den morgigen Tag verschoben werden.

„Meine Herren, ich weiß, dass wir hier jetzt im Ausnahmezustand sind. Ich denke, es wird Zeit, dass wir nicht nur angesichts der krankheitsbedingten Ausfälle und Urlaubszeiten Verstärkung anfordern. Ich werde das nachher regeln. Aber jetzt werde ich erst einmal mit diesem Filialleiter reden. Entschuldigen Sie mich bitte.“

Von der Zentrale erfuhren Andreas Wolf und Urs Hinrichsen kurze Zeit später, dass der Anruf wegen der Leiche auf der Halbinsel Langlütjen I um exakt Viertel nach neun Uhr eingegangen war. Der Anrufer war ein Mann gewesen, der Stimme und Wortwahl nach ein Nicht-Einheimischer mittleren Alters. Selbst auf mehrmaliges Bitten hin war der Anrufer nicht bereit gewesen, seinen Namen zu nennen.

„Ach ja“, ergänzte die Kollegin von der Zentrale. „Ich glaube wirklich, dass der Anrufer ein Urlauber gewesen ist. Den Inselnamen Langlütjen schien er jedenfalls nicht zu kennen. Warten Sie, ich spiele Ihnen die Aufzeichnung des Telefonats noch einmal vor.“

‚Hallo, Sie müssen sofort kommen. Auf dieser Weser-Halbinsel liegt eine Frauenleiche. Ich hab sie eben beim Joggen entdeckt... Nein, ich sag Ihnen nicht, wie ich heiße. Ich riskiere doch keine Anzeige wegen Hausfriedensbruchs. Das Betreten der Insel ist ja ausdrücklich verboten, da steht ein gelbes Warnschild ‚Privatgrundstück – Betreten verboten'. Ich kann Sie aber beruhigen. Ich habe die Leiche nicht angefasst, wirklich nicht.'

Danach hatte der Anrufer aufgelegt.

„Ist der Anruf über die 112 reingekommen?", wollte Urs Hinrichsen wissen.

„Ja! Ich denke, wir werden das Handy problemlos orten können."

Der Kriminalhauptkommissar nickte. Er glaubte zwar nicht, dass sie das weiterbringen würde, aber möglicherweise irrte er ja auch.

„Glaubst du, dass das die Leiche von dieser in Burhave vermissten Frau ist?", wollte sein Kollege Andreas Wolf wissen.

Urs Hinrichsen zuckte ahnungslos mit den Schultern. Er wusste nicht mehr, was er glauben sollte und wollte. Vier Tote und eine vermutlich ernst zu nehmende Lebensmittelerpressung innerhalb von dreieinhalb Tagen, da konnte und musste man zwangsläufig nicht nur den Glauben an das Gute verlieren.

III.

Die Fahrt zu der im neunzehnten Jahrhundert künstlich angelegten Watt-Insel war beschwerlich. Urs Hinrichsen musste sich konzentrieren, um auf dem schmalen und gewölbten Damm mit den vielen unregelmäßig gepflasterten Steinen die Spur zu halten. Auf dem letzten Stück schlugen die Reetgräser rechts und links gegen die Autoscheiben. Er war froh, als er den Dienstwagen schließlich an dem gelben Radarturm abstellen konnte.

Die Kriminalhauptkommissare öffneten kurz danach das quietschende Tor, das mit dem Hinweis auf Privatbesitz zu der früheren Sanddüneninsel führte. Sie mussten die halbe Insel auf einem schmalen Pfad umrunden, ehe sie die Leiche und ein Fahrrad entdeckten.

Von weitem sah es aus, als ob sich die mit Shorts, Top und Sandalen bekleidete Frau hier lediglich sonnte. Sie lag mit Blickrichtung auf den Bremerhavener Containerhafen in der Sonne. Direkt neben sich hatte sie ihre wenigen Habseligkeiten ausgebreitet: ihre Handtasche, eine Tupper-Dose mit Keksen und ein Tetrapack Apfelsaft.

Urs Hinrichsen trat vorsichtig an den leblosen Frauenkörper heran. Fliegenlarven und Käfer fühlten sich gestört, der Anblick war bei näherem Hinsehen alles andere als erfreulich. Totenflecken, Totenstarre, erste Spuren von Verfäulnis, die Haut hatte sich bereits grünlich verfärbt und an den Beinen war ein bräunlichgrünliches Venennetz nicht zu übersehen.

Der Kommissar zog es vor, der Gerichtsmedizin die weiteren Untersuchungen zu überlassen und widmete sich, nachdem er Plastikhandschuhe übergezogen hatte, der Handtasche der Toten. Sie enthielt die typischen Utensilien: ein Portemonnaie mit Bargeld, Ausweisen und diversen Karten, Lippenstift und Schminke, Kalender, Kamm, Nagelfeile sowie einen kleinen Spiegel.

Ein Blick auf den Personalausweis verriet spätestens, dass Andreas Wolf mit seiner Vermutung Recht gehabt hatte. Bei der Toten handelte es sich um die am 12. Oktober 1957 in Nürnberg geborene Christiane Schuhmacher. Ein Handy konnte der Polizeibeamte nicht ausfindig machen. Dafür entdeckte er in einem Nebenfach der Tasche einen Brief, der an den Ehemann der Verstorbenen gerichtet war.

Urs Hinrichsen überflog den Inhalt und reichte das Schreiben kommentarlos seinem Kollegen, der ebenfalls fündig geworden war. Er hatte an dem Apfelsaft-Tetrapack eine Einstichstelle ausgemacht, die durch einen Aufkleber mit dem Text ‚aus ökologischem Anbau' kaschiert worden war. Welche Perversität! Andreas Wolf war sich schon jetzt sicher, dass die Kollegen von der Cuxhavener Spurensicherung Metildigoxin und Flunies nachweisen würden.

Was um Himmelswillen hatte das alles zu bedeuten? Der Kriminalhauptkommissar zweifelte immer mehr an der Andresschen These von vermeintlichen Beziehungstaten. Er wusste zwar, dass diese Form von Gewaltverbrechen in der kriminalistischen Statistik signifikant dominierte, war aber mittlerweile fest davon überzeugt, es in diesem Fall mit einer dissozialen Persönlichkeit zu tun zu haben, die sich – so der offizielle Fachjargon – durch paranoide, stark narzisstische Charakterzüge und multiple gesellschaftliche Integrationsprobleme auszeichnete. Nachdem er den Brief gelesen hatte, verwarf er seine Vermutungen wieder. Er verstand nichts, rein gar nichts.

Urs Hinrichsen schlug vor, dass Andreas Wolf gemeinsam mit Michael Scherer den Ehemann der Toten in Fedderwardersiel aufsuchen sollte, während er selbst auf das Eintreffen der Cuxhavener Spurensicherung warten wollte.

Andreas Wolf war erleichtert, den schaurigen Tatort verlassen zu können. Gedankenverloren machte er sich kurz darauf auf den Weg zu dem Dienstwagen, vorbei an den gewaltigen Betonplatten zur Sicherung des Ufers. Die vielen Holunderbüsche, Silberweiden und Birken zu seiner Linken registrierte er nicht.

Urs Hinrichsen begab sich währenddessen auf Spurensicherung im erweiterten Umfeld der Leiche. Er erinnerte sich, als Kind ständig zwischen diesen Trümmerresten herumgeklettert und durch die zerfallenden Gewölbekammern gestrolcht zu sein. Wie oft hatte er früher hier mit den Jungs aus dem Dorf nach Schätzen gesucht oder Kriegs- und Indianerspiele veranstaltet! Manchmal hatten sie aber auch nur in dem Brackwasser mit der starken Strömung gebadet oder geangelt und dabei stundenlang die Vögel beobachtet: Brandgänse, Rohrweihen, Singschwäne, Austernfischer und verschiedene Seeschwalben.

Der Anblick des verfaulenden Frauenkörpers neben sich holte den Kriminalhauptkommissar unweigerlich in die Gegenwart zurück. Die Aussicht auf die vielen Containerverladebrücken auf der anderen Weserseite war wesentlich angenehmer. In der Vormittagssonne leuchteten die vielen bunten Brücken, die von den Einheimischen schlichtweg als die Giraffen Bremerhavens bezeichnet wurden. Urs Hinrichsen zählte insgesamt acht Containerschiffe, deren Ladung gerade gelöscht wurde. Bei genauerem Hinsehen konnte man deutlich erkennen, wie die einzelnen ebenfalls bunten Container hoch in der Luft an den Brücken auf das Festland beziehungsweise das jeweilige Schiff verfrachtet wurden. Noch vor nicht allzu langer Zeit war an den Anlegeplätzen des Hafens, der weltweit zu den zwanzig Größten gehörte, deutlich mehr los gewesen. Die Auswirkungen der Wirtschaftskrise waren nicht zu übersehen.

Urs Hinrichsen drehte sich um und begab sich in Richtung des ehemaligen Marineforts. Er war lange nicht mehr auf der Halbinsel gewesen. Seufzend stellte er fest, dass sich vieles verändert hatte. Die neue Eigentümerin der früheren Festungsanlage hatte nach dem Erwerb der sechzehntausend Quadratmeter großen Insel zahlreiche Sicherungsmaßnahmen durchführen lassen. Das breite Betonufer war stabilisiert und weite Teile des Inselinneren waren zugeschüttet worden. Es gab kaum noch Festungsbaureste. Die Nordwestzeitung hatte im vergangenen Jahr wiederholt über die Gestaltungspläne der Eigentümerin berichtet. Sie versuchte, den speziellen Charakter der Insel zu erhalten.

Die nur zwei Kilometer weiter liegende und wesentlich besser erhaltene Weserinsel Langlütjen II, die im Zweiten Weltkrieg zeitweise ein Schutzhaftlager der SA gewesen war – man hatte damals die Schreie der gefolterten Gefangenen bis ans Festland hören können – war ebenfalls in Privateigentum übergegangen. Urs Hinrichsen schüttelte den Kopf. Er konnte sich immer noch nicht vorstellen, dass dieses Kulturdenkmal tatsächlich zu einem Hotelbetrieb mit Inselmuseum umgebaut werden sollte.

Auch auf Langlütjen II hatte er viele Tage seiner Kindheit verbracht. Es war zwar immer sehr mühsam gewesen, sich zu Fuß durch das Watt zu kämpfen, aber die Kasematten mit ihren gewölbten Decken und ihrer eigenen Akustik hatten ihren Reiz nie verloren. Einen besseren Ort zum Versteckspiel hatte es einfach nicht gegeben, auch wenn das Betreten der einzigen künstlich angelegten Insel Deutschlands schon damals aus Sicherheitsgründen verboten gewesen war.

Tja, und jetzt plante der neue Eigentümer sogar, möglicherweise eine Seilbahn zum Festland errichten zu lassen, um den Hotel- und Restaurantbetrieb auch bei Niedrigwasser erreichbar zu machen. Für den gebürtigen Tettenser war dieses gigantische architektonische Projekt unvorstellbar und er fühlte sich in diesem Moment steinalt. Aber wenigstens hatte er – anders als die Tote neben ihm – die Möglichkeit, die Veränderungen in seiner Heimat mitzuerleben. Er hoffte es zumindest.

IV.

Andreas Wolf fluchte lautstark, als er die K 181 Richtung Burhave fuhr. Auf der schmalen Straße, die parallel zum Deich verlief, war der Gegenverkehr ein echtes Problem. Es gab zwar in regelmäßigen Abständen Ausweichflächen, die meisten Touristen schienen sie jedoch zu ignorieren. Das Fahrverhalten vieler Radfahrer war ebenfalls rücksichtslos. Sie fuhren unbehelligt nebeneinander und in Schlangenlinien. Der Kommissar hupte sich mehrmals den Weg frei. Am liebsten hätte er Bußgelder verlangt und sofort die Helmpflicht für Radfahrer eingefordert. Er selbst fuhr zwar nur mit Helm, wenn er mit Julia unterwegs war, aber das tat in diesem Augenblick nichts zur Sache.

Der Beamte war froh, als er endlich in der Weserstraße angekommen war. Die Unterbringung der Polizeistation in einer Doppelhaushälfte der sechziger Jahre amüsierte den Großstädter. Er betrat das Gebäude, in dem Michael Scherer gerade eine Anzeige wegen Fahrraddiebstahls aufnahm.

Es war immer dasselbe. Viele Fahrräder wurden bei einer kurzen Rast nicht abgeschlossen, andere wurden nachts gestohlen. Ärgerlich, denn in der Zeit zwischen zweiundzwanzig und sieben Uhr morgens zahlten die Versicherungen bei Diebstählen keine Entschädigung. Dieses Mal hatte es den Eigentümer eines hochwertigen Trekkingrades nach dem gestrigen Public Viewing in der Burhavener Spielscheune erwischt. Soweit Andreas Wolf es verstehen konnte, hatte er leichtsinnigerweise nur das Vorderrad abgeschlossen, so dass es für den Dieb ein Einfaches gewesen war, den Fahrradrahmen samt Hinterrad zu entwenden.

Es war schon traurig. Jeden Tag wurden in Deutschland ungefähr eintausend Fahrräder gestohlen, die Aufklärungsquote lag gerade einmal bei etwa zehn Prozent. Auffallend hoch waren die Zahlen hier im Norden. Spitzenreiter bei Fahrraddiebstählen war Bremen, gefolgt von Münster und Oldenburg. Die Leute schienen nicht aus Erfahrung lernen zu wollen. Viele verzichteten nach wie vor auf eine angemessene Sicherung durch hochwertige Bügelschlösser und eine Codierung, die einen Diebstahl wenig lukrativ machten.

Der Kriminalhauptkommissar wartete, bis der Kollege sein

Gegenüber endlich verabschiedet hatte und berichtete dann von dem neuen Leichenfund.

Kurz darauf machten sich die zwei auf den Weg zu dem Campingplatz in Fedderwardersiel. An der Rezeption erfuhren sie, dass das Ehepaar Schuhmacher einen Platz in der Nähe des Kutterhafens gebucht hatte. Sie hatten Glück. Thomas Schuhmacher war um diese Uhrzeit noch auf dem Platz. Er frühstückte und las die Nordseezeitung, deren Titelseite den geplatzten Finaltraum der Deutschen kommentierte. Der Frührentner war so in seine Lektüre vertieft, dass er die Beamten nicht bemerkte.

„Herr Schuhmacher?", druckste Michael Scherer herum, „Guten Morgen! Das ist mein Kollege Andreas Wolf aus Nordenham.

Können wir Sie einen Moment sprechen?"

Der leicht ergraute Mittfünfziger nickte.

„Um Himmels willen, was ist passiert?"

„Es tut mir Leid, Ihnen mitteilen zu müssen, dass wir heute Morgen den Leichnam Ihrer Frau gefunden haben."

Thomas Schuhmacher legte die Zeitung beiseite, er schluckte mehrmals.

„Was um Himmels willen ist passiert? Woran ist Christiane gestorben?", entgegnete er mit zittriger Stimme.

„Das wissen wir noch nicht. Fühlen Sie sich in der Lage, uns einige Fragen zu beantworten?"

Thomas Schuhmacher nickte abermals, ehe er seinerseits fragte, wo man seine Frau gefunden habe. Andreas Wolf klärte den sichtbar irritierten und zugleich gefassten Mann auf.

„Herr Schuhmacher, könnte es sein, dass sich Ihre Frau das Leben genommen hat?"

Der Frührentner schüttelte energisch den Kopf. Nein, das schließe er aus. Christiane sei ein lebensfroher und ausgeglichener Mensch, unvorstellbar.

„Nein, definitiv nein! Wenn sie ein Problem hat, redet sie darüber, entweder mit mir oder ihren Freundinnen. Warum fragen Sie?"

Mit wenigen Worten erzählte Andreas Wolf von dem Brief, den Urs Hinrichsen in der Handtasche der Toten gefunden hatte. Thomas Schuhmacher war sprachlos und seine Augen schienen etwas Imaginäres zu sehen, als der Kriminalhauptkommissar fortfuhr: „Ihre Frau hatte sich wohl sehr auf den gemeinsamen Urlaub mit Ihnen gefreut. Sie hatte gehofft, dass Sie hier Ihre Ehekrise überwinden könnten und die ständigen Auseinandersetzungen ein Ende hätten. Leider ist dem nicht so gewesen, weshalb sie von diesem als Ihrem letzten gemeinsamen Urlaub geschrieben hat. Sie sollten das Geld Ihrer Schwiegermutter nehmen, um sich Ihr lang ersehntes Wohnmobil zu kaufen. Immerhin hätten Sie sie bis zu ihrem Tode gepflegt."

Andreas Wolf hielt inne.

„Und dann stand da, dass man Reisende ziehen lassen soll und sie Ihnen alles Gute wünsche."

Die drei schwiegen. Es war Thomas Schuhmacher, der mit zuckenden Mundwinkeln das Gespräch fortsetzte.

„Kann ich den Brief haben? Ich will zu meiner Frau! Und zwar jetzt, sofort!"

Er versuchte aufzustehen, Andreas Wolf hielt ihn behutsam davon ab. Der Abschiedsbrief seiner Frau komme heute noch zur Spurensicherung. Er persönlich werde dafür sorgen, dass eine Kopie gefertigt werde. Dann zögerte er. Es fiel ihm außerordentlich schwer, dem frisch verwitweten Mann vor sich von den Verwesungssymptomen seiner Frau zu erzählen. Obschon er mehrmals versuchte, Herrn Schuhmacher von seinem Plan abzubringen, beharrte Thomas Schuhmacher auf seinem Recht.

„Sie wissen, dass ich meine bettlägerige Schwiegermutter jahrelang versorgt habe. Ich werde das schon durchstehen."

Andreas Wolf fühlte sich überfordert. Er konnte nur hoffen, dass die Kollegen von der Spurensicherung mittlerweile am Tatort eingetroffen waren und den Leichnam Frau Schuhmachers zumindest teilweise abgedeckt hatten.

Auf der Rückfahrt begrüßte er den regen Verkehr auf der K 181 und das Heer von Radfahrern. Die knapp fünfzehn Kilometer lange Strecke fuhr er so langsam wie möglich. Er musste unbedingt Zeit gewinnen.

V.

Urs Hinrichsen war erstaunt, als er Thomas Schuhmacher auf Langlütjen I entdeckte. Er warf Andreas Wolf einen vernichtenden Blick zu, woraufhin dieser hilflos mit den Schultern zuckte. Schnellen Schrittes trat Urs Hinrichsen zu einem der Kollegen aus Cuxhaven und bat ihn, den Leichnam mit einer Plane zuzudecken. Dann ging er auf den Frührentner zu, um ihm sein Beileid auszusprechen und ihn auf den Anblick seiner Frau vorzubereiten.

Thomas Schuhmacher winkte ab und ließ sich das Gesicht seiner Frau zeigen. Er nickte, drehte sich um und musste sich übergeben. Michael Scherer stützte den erschütterten Mann und führte ihn vom Tatort fort.

„Mensch Andreas, das war echt überflüssig! Etwas mehr Taktgefühl hätte ich dir wirklich zugetraut!"

Der Tonfall war grob. Andreas Wolf zuckte wiederum mit den Schultern. Er fühlte sich der Situation nicht gewachsen und murmelte einige entschuldigende Worte.

Die Fahrt zurück nach Nordenham verlief schweigsam. Urs Hinrichsen war immer noch wütend, Andreas Wolf konnte es ihm nicht verübeln. Es tat gut zu wissen, dass sich jetzt wenigstens Michael Scherer um den verstörten Witwer kümmerte. Um die beklemmende Anspannung zu überbrücken, schaltete Andreas Wolf das Radio ein. Der Kommentar über den ersten Auslandsbesuch des neuen Bundespräsidenten Wulff in Frankreich interessierte ihn nicht, aber die Stimme im Hintergrund tat ihm gut und ließ ihn einen Moment lang die Realität vergessen.

Die unterkühlte Atmosphäre fand ihr Ende, als die Kriminalkommissare im Präsidium hörten, dass sich der Lebensmittelerpresser erneut gemeldet hatte. Die Geldübergabe sollte am heutigen Nachmittag im Bremerhavener Columbuscenter stattfinden. Das halbe Polizeikommissariat war im Einsatz und beratschlagte sich mit den Bremerhavener Kollegen.

„Ort und Zeit sind gut gewählt. Das Columbuscenter mit seinen vielen Geschäften ist unübersichtlich und großflächig. Um diese Zeit ist da immer jede Menge los", kommentierte Urs Hinrichsen die Neuigkeit.

„Und ich wette, dass der Täter die Kollegen durch die halbe Stadt hetzen wird. Aber das soll nicht unsere Sorge sein. Komm Andreas, wir müssen uns dringend zusammensetzen."

„Sollten wir nicht den Kollegen Gremmer dazu holen?"

Urs Hinrichsen schüttelte den Kopf.

„Nein, der Chef hat ihn wegen dieser Erpressungsgeschichte vorübergehend wieder abgezogen."

Die Fallbesprechung der Beamten gestaltete sich zäh. In den nächsten Stunden diskutierten sie kontrovers über mögliche Suizid- und Mordmotive. Bei allen vier Opfern ließ sich ein Selbstmord nicht a priori ausschließen. Clarissa Engelbrecht war magersüchtig und gegebenenfalls auch depressiv gewesen, Marten Meyer musste massivst unter seiner Erkrankung und der eventuell ungünstigen Prognose gelitten haben. Gerd Schneiders hatte seinen sozialen Abstieg verarbeiten müssen und Christiane Schuhmacher ihre gescheiterte Ehe.

„Der Chef hat Recht. Wir wissen definitiv zu wenig über die vier und ihr jeweiliges persönliches Umfeld."

Andreas Wolf ergänzte die Notizen auf dem Flip-Chart, ehe sie sich mit der Frage auseinandersetzten, ob einer der Toten ein Mordmotiv gehabt haben könnte. Clarissa Engelbrecht schied sofort aus. Sie hatte sich offenkundig in Marten Meyer verliebt. Gerd Schneiders erschien ihnen ebenso unverdächtig. Obwohl er Dr. Engelbrecht gekannt hatte, war trotz seines Vorstrafenregisters kein überzeugendes Motiv zu erkennen. Und die Urlauberin Christiane Schuhmacher schien ebenfalls kein Motiv gehabt zu haben. Bei Marten Meyer waren sich die Kommissare uneinig. Anders als sein Kollege schloss Andreas Wolf nicht aus, dass er sich an den Ärzten hatte rächen wollen und hierfür stellvertretend Clarissa Engelbrecht benutzt hatte.

„Ach Andreas, das ist doch absurd! Der einsame Ego Shooter-Spieler, ein Opfer der medialen Gewaltdarstellung? Niemals! Das sind doch alles bloße Spekulationen. Nein, ich bleibe dabei, wir wissen zum gegenwärtigen Zeitpunkt viel zu wenig."

Andreas Wolf ärgerte sich insgeheim, weil er den Termin mit dieser Jennifer Schwartz nicht hatte wahrnehmen können. Er beschloss, sie unmittelbar nach dieser Besprechung erneut zu kontaktieren. Im weiteren Verlauf des Gespräches fragten sich die Beamten, wer sonst noch ein Interesse an dem Tod der Opfer gehabt haben konnte.

Obgleich Frau Engelbrecht sichtbar bemüht war, den guten Ruf der Arztfamilie aufrechtzuerhalten, schied sie sowohl für Urs Hinrichsen als auch für Andreas Wolf als potentielle Täterin aus. Marten Meyer musste ihr zwar, sofern sie von der Beziehung zu

Clarissa gewusst hatte, ein Dorn im Auge gewesen sein, aber dieses Problem hätte die Übermutter sicherlich anderweitig gelöst. Andreas Wolf musste sofort an seinen Sohn Jakob denken, dessen frühere Freundin nach dem Bekanntwerden der Beziehung von ihren Eltern zu einem einjährigen Schüleraustausch in die USA verdonnert worden war.

Aber wie verhielt es sich mit Herrn Dr. Engelbrecht? War Marten wirklich keiner seiner Probanden gewesen? Auch hierzu bedurfte es dringend weitergehender Informationen.

Nur bedingt verdächtig schien den Kriminalbeamten Frau Meyer, die alles Erdenkliche für ihren Sohn getan hatte. Die Beziehung zu der ehrgeizigen und zielstrebigen Clarissa hätte sie bestimmt begrüßt. Was aber, wenn ihr Sohn Opfer eines fragwürdigen Forschungsexperiments geworden war?

Über potentielle Feinde von Gerd Schneiders wusste man zum gegenwärtigen Zeitpunkt nichts, weshalb Urs Hinrichsen unbedingt im Obdachlosenmilieu recherchieren wollte.

Und wer konnte ein Interesse an dem Tod einer Urlauberin haben? Der fürsorgliche Ehemann, der bei dem Anblick seiner toten Frau zusammenzubrechen drohte, schien auszuscheiden. Aber auch hier fehlte Detailwissen.

Andreas Wolf massierte sich die Schläfen. Er hatte Kopfschmerzen und war nach dieser schlafarmen Nacht und dem turbulenten Vormittag fix und fertig. Außerdem herrschte trotz des nächtlichen Gewitters in den Büroräumen schon wieder eine unerträgliche Hitze.

„Urs, lass uns bitte mal eine Pause machen! Ich kann einfach nicht mehr klar und logisch denken.“

VI.

In der halbstündigen Pause versuchte Andreas Wolf, möglichst schnell wieder zu Kräften zu kommen. Er öffnete trotz der hohen Temperaturen das Fenster seines Büros und atmete tief durch, bevor er einige gymnastische Übungen für seine Halswirbelsäule machte. Die vielen Nächte auf der harten Luftmatratze und der Ventilator hinter seinem Schreibtisch hatten ihre Spuren hinter-

lassen. Die Bewegung tat dem Kommissar gut. Schon nach wenigen Minuten fühlte er sich besser und er vereinbarte mit Jennifer Schwartz ein Treffen für den frühen Abend.
Danach telefonierte er mit seiner Familie in Köln. Julia und Jochen erzählten begeistert von dem Public Viewing am Dienstag in der Kölnarena. Die Stimmung musste mehr als mitreißend gewesen sein.

„Total gut Papa, die vielen geschminkten Menschen, Fahnen, Vuvuzelas und insgesamt fünf Tore! Mama ist total gemein. Nachdem sie in der Zeitung gelesen hat, dass die Tröten bei Asthmatikern zu Atemnot führen können, hat sie mir meine sofort abgenommen."

Andreas Wolf war seiner Frau dankbar. Diese südafrikanischen WM-Trompeten fand er selbst bei Fernsehübertragungen störend. Und nachdem er gehört hatte, dass sie mit einem Schallpegel von knapp einhundertvierzig Dezibel den Lärm eines Düsenjets im Probelauf erzeugten, konnte er Ilonas Entscheidung erst recht verstehen. Besser, er wechselte das Thema.

„Was macht denn dein Panini-Album?"
Die Zehnjährige erzählte begeistert, dass ihr nur noch dreiundsechzig Bilder fehlten. In der Schule werde jeden Tag getauscht und die Mannschaften Kameruns, Argentiniens und Englands habe sie bereits vollständig. Und von den deutschen Spielern fehle nur noch Tim Wiese. Aber den habe niemand. So genau wollte es Andreas Wolf gar nicht wissen. Er ließ sich seinen Sohn geben.

„Hi Dad, das Public Viewing in der Kölnarena am Dienstag war echt krass. Gestern war die Stimmung dagegen wahrscheinlich nur mies und abtörnend. Ich bin froh, dass ich nicht dort war", kommentierte er den gestrigen Abend.

„Aber was hier abgeht, ist einfach megapeinlich."
Andreas Wolf musste laut auflachen, als er erfuhr, dass Ilona zum Deutschlandspiel am letzten Wochenende Deutschlandspießchen aus Auberginen, roten und gelben Paprikastücken gegrillt hatte. Wieder einer ihrer verzweifelten Versuche, den Kindern das Gemüse schmackhaft zu machen! Dann hatte sie Julia erlaubt, ihre Klarinette als provisorische Vuvuzela zu benutzen, woraufhin seine Tochter wohl ein Konzert der speziellen Art zum Besten gegeben hatte.

„Oh Mann, ich war echt froh, dass keiner von den Jungs hier

war. Ach übrigens, ich bekomme in Latein eine Vier, aber nur weil wir umziehen und Herr Kehrbach mich dann los ist. Geil, oder?"
Andreas Wolf fiel ein Stein vom Herzen. Er gratulierte seinem Sohn und unterließ es bewusst, das Thema ‚Nachhilfe' anzuschneiden.

„Hast du mein Zimmer eigentlich schon gestrichen?"
Andreas Wolf druckste herum und war erleichtert, als Julia den Hörer wiederhaben wollte. Sie musste ihrem Vater unbedingt von dem Sofa erzählen, das ihre Freundin zum Geburtstag bekommen hatte und das sie nun unbedingt auch haben wollte. Der Polizist vertröstete seine Tochter und beendete rasch das Telefonat. Urs Hinrichsen, der zwischenzeitlich in die Küche gegangen war, stand mit einer dampfenden Tasse Kaffee in der Tür.

„Kompliment übrigens Urs, du hast gestern mit deiner Prognose ja total richtig gelegen. Ich hätte nie gedacht, dass die Deutschen nach ihren bisherigen Erfolgen und ihrer begeisternden Spielweise so abfallen und sich dermaßen zurücknehmen würden. Aus der Traum! Echt bitter, ich hatte mich schon so an diesen Traumfußballsommer gewöhnt. Und mit mir wahrscheinlich Millionen andere Deutsche auch! Was tippst du für Samstag?"
Urs Hinrichsen grinste.

„Wahrscheinlichkeitsrechnung, Krakenprophezeiungen hin oder her, das kleine Turnier dürfte Deutschland sicher sein. Ich tippe auf ein 3:1. Und du?"

„3:0. Jetzt ist ja auch wieder unser Torjäger Thomas Müller dabei. Und wer gewinnt deines Erachtens die WM? Dieses Mal setze ich besser auch auf Spanien, und zwar mit einem 3:2 nach Verlängerung."

„Also ich tippe auch für Spanien. Und zwar 3:1 durch Elfmeterschießen. Aber jetzt mal wieder zu unserem Fall, Andreas! Es gibt Neuigkeiten. Der Schnelltest hat ergeben, dass Christiane Schuhmacher ebenfalls an einer Vergiftung gestorben ist. Der Apfelsaft enthielt – wie vermutet – dieselben Toxine, die die Jugendlichen zu sich genommen haben. Ihr Tod muss sich über viele Stunden hingezogen haben, weil die Frau, anders als die anderen drei, kerngesund war. Aufgrund der starken Sedierung durch das Benzodiazepin hat sie aber nichts davon mitbekommen. Sanft entschlafen, so formulierte es der Forensiker am Telefon. Das scheint ohnehin ein wahrer Komiker zu sein. Erst spielte er auf die vielen

Giftmorde bei Agatha Christie an, dann zitierte er plötzlich Paracelsus: ‚Alles Ding ist Gift. Allein die Dosis macht, dass ein Ding kein Gift ist'. Oder so ähnlich."

Andreas Wolf verdrehte die Augen und notierte den Befund auf dem Flip-Chart.

„Und jetzt kommt der Knaller schlechthin: Michael Scherer und Rolf Gremmer haben nicht umsonst den Mülldetektiv gespielt. Clarissa Engelbrecht, Marten Meyer und Christiane Schuhmacher haben Apfelsaft von demselben Hersteller zu sich genommen. Das Produkt ist übrigens nicht – wie man mutmaßen könnte – aus ökologischem Anbau. Der Aufkleber muss nachträglich angebracht worden sein, um die Einstichstelle unkenntlich zu machen. Ungünstigerweise handelt es sich bei dem Saft um ein weit verbreitetes Produkt, das in fast allen Supermärkten erhältlich ist."

„Wahnsinn! Was ist mit Fingerabdrücken und Gewebespuren?"

Urs Hinrichsen verzog das Gesicht. Die Untersuchungen seien noch nicht abgeschlossen und das gestrige Gewitter erschwere die Spurensicherung vor Ort.

„Aber wir wissen ja: den perfekten Mord gibt es nicht. Jeder Täter hinterlässt eine Spur. Übrigens glaube ich nicht", fuhr er fort, „dass sich die Opfer – ausgenommen Clarissa Engelbrecht und Marten Meyer – gekannt haben. Fakt ist, dass alle mit demselben Gift ermordet wurden. Drei Mal wurde es in den Apfelsaft injiziert, einmal in den Rotwein."

Andreas Wolf nickte. Auch er konnte keine Querverbindung zwischen den Toten erkennen. Identisch war lediglich die Todesart, die Vergiftung durch Metildigoxin und Flunitrazepam und die Tatsache, dass in allen vier Fällen das Gift mit einer Spritze in das Tetrapack gelangt war. Er stöhnte und schrieb mit großen Buchstaben die Stichwörter ‚Giftbeschaffung?' und ‚Beziehungstat' versus ‚Zufallsopfer?' auf ein neues Blatt Papier.

VII.

Walter Andres riss die Tür auf.

„Wir haben ihn, Gott sei Dank!"

Seine Worte drohten sich zu überschlagen. Urs Hinrichsen

und Andreas Wolf sahen sich erstaunt an.

„Der Erpresser ist ein gewisser Willem Roth aus Waddens und zum Glück nur ein Trittbrettfahrer. Meine Güte, wenn ich mir vorstelle, was andernfalls alles hätte passieren können. Nicht auszudenken!"

Walter Andres schien innerlich die reinsten Freudensprünge zu machen. Es dauerte einige Minuten, bis die Kriminalhauptkommissare erfuhren, dass der Filialleiter der Supermarktkette einen zweiten Anruf erhalten hatte. Der Erpresser hatte seine Forderung verdoppelt und den Ort der Geldübergabe geändert. Der Filialleiter sollte nun im Klimahaus neue Instruktionen entgegennehmen, angesichts der hohen Besucherzahl ein idealer Ort für diese Zwecke. Der Anruf konnte auf Anhieb sofort zurückverfolgt werden und der von der Insolvenz bedrohte Pferdewirt war sofort geständig gewesen. Engelbrechts hatten ihn gebeten, sich nach einem Käufer für Clarissas Reitpferd umzusehen. Dadurch hatte er von der Vergiftung der Jugendlichen gehört und in der Erpressung seine letzte Chance gesehen, den Hof, der seit Generationen im Besitz der Familie war, zu erhalten.

„Und was gibt es bei Ihnen Neues?"
Urs Hinrichsen fasste die wesentlichen Fakten zusammen, Andreas Wolf präsentierte seine stichwortartige Dokumentation. Der Vorgesetzte lobte die strukturierte und übersichtliche Darstellung seines neuen Mitarbeiters auf dem Flip-Chart.

Dann berichtete er, dass ihn die Eheleute Engelbrecht am Morgen aufgesucht hatten, um eine Belohnung in Höhe von zehntausend Euro auszusetzen. Dies sollte unbedingt während der Pressekonferenz bekannt gemacht werden. Urs Hinrichsen pfiff angesichts der stattlichen Summe durch die Zähne.

„Ich weiß zwar nicht, wer die Engelbrechts über die Konferenz informiert hat, aber wahrscheinlich verfügt die Familie nicht nur in Ärztekreisen über diverse Beziehungen."

Walter Andres hielt inne und schien zu überlegen, an wen sich die Eltern Clarissas gewendet haben könnten.

„Nun, den Jogger haben wir ebenso ausfindig gemacht."
Der Leiter des Kriminalkommissariats konnte sich ein Grinsen nicht verkneifen.

„Abgesehen davon, dass er in seiner naiven Vorstellung davon überzeugt war, dass sich eine unterdrückte Handynummer nicht orten lässt, hat er sich wegen seines Hausfriedensbruchs fast in die Hose gemacht. Der Kollege Gremmer war völlig genervt und hat diesen Bielefelder richtig auflaufen lassen. Zum Schluss hat er sogar gedroht, Strafanzeige wegen Behinderung von Polizeiarbeit zu erstatten. Und das könne wirklich teuer werden."

Walter Andres lachte laut auf. Andreas Wolf und Urs Hinrichsen konnten beobachten, wie die Anspannung von Minute zu Minute von ihrem Vorgesetzten abfiel.

„Chef, sind Sie eigentlich noch immer von einer Beziehungstat überzeugt? Ich für meinen Teil habe mittlerweile meine Zweifel."

„Das diskutieren wir morgen, Hinrichsen. Mein Soll ist für heute erfüllt."

Der Leiter des Polizeikommissariats wünschte nach diesem in jeder Hinsicht aufregenden Arbeitstag einen erholsamen Feierabend und verließ das Büro. Andreas Wolf warf einen Blick auf seine Armbanduhr. In einer knappen Stunde wollte er diese Jennifer Schwartz in der Eisdiele am Markt treffen. Er musste sich also nicht beeilen.

„Was machen eigentlich die Katzen? Hängt der Aushang am Schwarzen Brett schon?"

Urs Hinrichsen lachte. Nein, das sei nicht nötig. Die Tiere würden innerhalb der eigenen Familie vermittelt.

„Der schwarze Kater geht zu Carsten, meinem älteren Sohn, und die getigerte Katze zu meinem jüngeren Sohn Jens."

„Hattest du am Mittwoch nicht von drei Katzen gesprochen?"

„Ja, das ist wohl wahr. Hilke hat sich mal wieder durchgesetzt. Nummer drei soll bei uns die Mäuse vertreiben, die mir allerdings noch nie zu Gesicht gekommen sind."

„Aha, verstehe."

„Okay, wenigstens habe ich mich bei der Namensgebung durchsetzen können. Hilke hatte das Tier, aus welchem Grund auch immer, ‚Ko' genannt. Jetzt heißt der Kater aber zum Glück ‚Kobold'. Und das passt wirklich. Nichts ist vor ihm sicher."

Andreas Wolf machte erste Anstalten, seinen Schreibtisch aufzuräumen, woraufhin sich Urs Hinrichsen verabschiedete.

Nach Schreiben von Berichten war Andreas Wolf in diesem Augenblick nicht zumute, auch er war davon überzeugt, sein heutiges Soll erfüllt zu haben. Trotzdem holte er Clarissas I-Pod aus der Schreibtischschublade, um sich zu vergewissern, dass keine fallrelevanten Daten auf dem Gerät abgespeichert waren. Insgeheim war er erleichtert, bei seinen Recherchen auf nichts Neues zu stoßen, denn den I-Pod hätte er längst untersuchen müssen. Der Kommissar nahm sich die Ohrstöpsel und hörte in der nächsten halben Stunde unbehelligt die aktuellen Charthits.

VIII.

Das Eiscafé am Markt war bei dem schönen Wetter gut besucht. Andreas Wolf war zu Fuß gekommen, weil er hundemüde war und beim Hören der mitunter schnulzigen Popmusik beinahe eingeschlafen wäre. Die frische Luft hatte ihm gut getan.

Vor dem Gymnasium Nordenham war er einen Moment stehen geblieben. Wenn es nach ihm und nicht nach Ilona gegangen wäre, würden seine Kinder in wenigen Wochen diese Schule mit eigener Sternwarte besuchen. Die letztendlich gemeinsam getroffene Entscheidung, nach Bremerhaven und nicht auf diese Weserseite zu ziehen, war auf jeden Fall sinnvoller gewesen, da war sich Andreas Wolf mittlerweile sicher. Und in die einhundertfünfunddreißig Quadratmeter große Jugendstilwohnung mit Stuck, Parkettboden und dem freien Blick auf die Unterweser, die nur fünfhundert Euro kalt kosten sollte, hatte er sich ohnehin sofort verliebt. Seine Traumimmobilie musste nur endlich zu Ende renoviert werden.

An der Poststraße bog der Kriminalhauptkommissar links ab. Nicht nur das Eiscafé war gut besucht. Viele Menschen schienen den fußballfreien Nachmittag zu nutzen, um Besorgungen zu erledigen. Die Tische der Eisdiele waren alle besetzt. Der Kommissar setzte sich deshalb zu einem Pärchen, vor dem bereits leere Eisbecher standen. Er war froh festzustellen, dass es nur eine Bedienung gab, auf die die dürftige Beschreibung von Frau Meyer – dunkle Haare – passte.

Die Eiskarte mit der großen Auswahl war verführerisch. Das Sortiment reichte von diversen Fruchtbechern über Joghurtspezialitäten und Sorbets bis hin zu mehreren Nuss- und Schokoladeneisvariationen. Der Blick auf seinen Bauchansatz bestimmte letztlich die Entscheidung, auf den Krokantbecher zu verzichten.

Nachdem er seinen Eiskaffee ohne Sahne bestellt hatte, blickte er sich um.

Der Marktplatz mit seiner Weitläufigkeit erinnerte Andreas Wolf an die großen Plätze in den ostdeutschen Städten, die er im Laufe der Jahre besucht hatte. Zu seiner Linken war neben einigen Wohnhäusern das Postgebäude in einem ansprechenden Backsteinbau mit Spitzdach untergebracht, zu seiner Rechten gab es neben einer Doc Morris-Apotheke einen Hörakustiker und eine Brasserie. Auf der gegenüberliegenden Seite waren das Hotel am Markt, eine Metzgerei, ein Reisebüro und eine Bäckerei untergebracht. An dem Springbrunnen davor spielten mehrere Kinder. Andere fuhren mit ihren Skate- und Waveboards über den Platz. Der Kommissar wartete, bis das Pärchen gezahlt und den Tisch freigegeben hatte, bevor er sich Jennifer Schwartz vorstellte. Die Fünfzehnjährige nickte, verschwand für einen Moment im Ladenlokal und kam kurz darauf mit dem Eiskaffee zurück, um sich an den Tisch des Kommissars zu setzen.

„Ich habe meinem Chef schon heute Mittag gesagt, dass ich eine wichtige Zeugin in einem Mordfall bin."

Andreas Wolf nickte irritiert.

„Schön, dass Sie es einrichten konnten, mit mir zu reden. Es tut mir übrigens Leid, Sie heute Vormittag versetzt zu haben, aber ich musste plötzlich dringend weg."

„Sie können mich duzen. Haben Sie den Mörder schon gefangen?"

„Leider nicht. Was wolltest du mir denn so Wichtiges sagen, Jennifer?"

„Ich bin Jenny. Also, diese Clarissa, die war eigentlich gar nicht mit dem Marten zusammen. Auch wenn es jetzt so aussieht. Marten und ich waren uns nämlich einig, dass sie total verzogen war und sich immer als was Besseres vorkam. Kein Wunder, bei den Eltern . . .!"

Andreas Wolf beobachtete das Mädchen, das nach seinem Ermessen viel zu stark geschminkt war.

„Du kanntest Clarissa?"

„Nicht wirklich. Wenn Sie verstehen, was ich meine."

Andreas Wolf hob fragend die Schultern.

„Also, der Marten hat mir von ihr erzählt; dass sie ein eigenes Pferd hat, den neuesten I-Pod und immer sofort alles bekommen hat, was sie sich gewünscht hat. Haben Sie mal das Haus gesehen, in dem sie gewohnt hat? Echt krass!"

„Jenny, wenn Marten Clarissa nicht gemocht hat, warum hätte er sie in der Nordseelagune treffen sollen?"

„Da müssen Sie schon von selbst drauf kommen, Herr Kommissar. Haben Sie eigentlich eine Dienstwaffe dabei?", entgegnete Jennifer kokett.

Andreas Wolf ignorierte die Frage. Er war müde und nicht bereit, auf die Spielchen des Mädchens einzugehen.

„Also, entweder machst du jetzt Aussagen zur Sache oder du lässt es sein! Ich habe weder die Zeit noch Lust, mich von dir hinhalten zu lassen."

Der Kriminalbeamte wusste, dass er sich im Ton vergriffen hatte, bereute es aber nicht. Jennifer Schwartz reagierte beleidigt. Mit verschränkten Armen und trotziger Stimme erinnerte sie daran, dass Clarissas Vater Chefarzt war. Marten habe gehofft, über den Kontakt zu ihr von ihm mitbehandelt werden zu können.

„Begreifen Sie es jetzt endlich? Er hat sie nur benutzt."

Andreas Wolf nickte. Auf diesen Gedanken war er im Zuge seiner Überlegungen noch nicht gekommen. Dennoch hatte er Zweifel an der Richtigkeit der Aussage.

„Sagst du mir auch die Wahrheit, Jenny? Eine Falschaussage ist kein Kavaliersdelikt."

„Logisch, ich schwöre, wirklich."

„Wann und wo hast du Marten eigentlich kennen gelernt?"

„Wo wohl, wenn beide ins Einswarden wohnen? Außerdem war er bis vor kurzem in meiner Parallelklasse."

„Dann kanntest du ihn ja schon ziemlich lange und gut, oder?"

„Logisch, dass man seinen Freund kennt, oder?"

„Okay Jenny. Wie ist Marten mit seiner Erkrankung umgegangen? Die Prognosen waren ja vage."

Das Mädchen spielte mit einer Haarsträhne und schien nachzudenken. Jedenfalls ließ es sich mit seiner Antwort Zeit.

„Unterschiedlich! Manchmal war er richtig gut drauf und so wie früher. Dann hat er sich wieder total zurückgezogen und war nicht ansprechbar. Irgendwie ein extremer Typ."

„Und woher wusstest du von seinem Tod?"

Das Mädchen verdrehte die Augen. Das habe sich im Viertel ganz schnell herumgesprochen und mittlerweile wahrscheinlich auch in der ganzen Stadt.

„Danke Jenny! Eine letzte Frage: Frau Meyer meinte, dass sie dich in der letzten Zeit gar nicht mehr gesehen hat. Hattest du mit Marten Streit?“

„Sie, Sie verdächtigen doch nicht etwa mich?“

Andreas Wolf winkte ab. Ihre Antwort, dass sie in den letzten Wochen eben viel für die Schule habe lernen müssen, nahm der Beamte der Jugendlichen nur bedingt ab. Martens Anruflisten hatten bestätigt, dass zumindest der telefonische Kontakt zwischen den beiden so gut wie abgebrochen war. Er beschloss zu zahlen und zog sein Portemonnaie aus der hinteren Hosentasche.

„Das geht auf Kosten des Hauses.“

Der Kriminalhauptkommissar bedankte sich und notierte seine Telefonnummer auf einer Serviette.

„Entschuldige, aber die Visitenkarten sind noch im Druck. Falls dir noch etwas Wesentliches einfällt, melde dich bitte.“

„Kein Problem!“

Jennifer Schwartz betrachtete stolz die Serviette, ehe sie sie einsteckte.

Nachdem sie wieder im Inneren des Ladenlokals verschwunden war, widmete sich Andreas Wolf in aller Ruhe seinem Eiskaffee. Das Mokka-und-Vanille-Eis war bereits geschmolzen und der Kaffee hatte dank der vielen Schokoladenraspel einen herrlich süßen Beigeschmack. Endlich Feierabend, der Kriminalbeamte schloss die Augen. Was war das bloß für ein anstrengender und turbulenter Arbeitstag gewesen! Er musste dringend noch Mineralwasser und ein paar Lebensmittel kaufen, um dann den Abend in aller Ruhe ausklingen lassen zu können.

I. Freitag, 9. Juli 2010

NDR 2 berichtete über eine Studie der AOK, derzufolge Deutschlands Arbeitnehmer immer häufiger wegen psychischer Erkrankungen am Arbeitsplatz fehlten. Die Zahl der durch diese Art von Erkrankungen bedingten Fehltage sei in den vergangenen zwölf Jahren um achtzig Prozent gestiegen. Psychische Erkrankungen drohten zur Volkskrankheit des einundzwanzigsten Jahrhunderts zu werden. Als Ursache vermuteten die Gewerkschaften, Betriebsärzte und Psychologen die stark veränderte und beschleunigte Arbeitswelt. Andreas Wolf schüttelte ungläubig den Kopf und gab unbewusst Gas.

Bei dem sich anschließenden Bericht über die aktuelle Hitzeperiode in den USA musste er indes lachen. Reporter der New York Times hatten auf Gullydeckeln tatsächlich Eier und Steaks angebraten, allerdings ohne jegliche Hilfsmittel. Überall liefen die Klimageräte auf Hochtouren und es war in Nordamerika bei knapp vierzig Grad Celsius, einhundertdrei Grad Fahrenheit, bereits zu den ersten Stromausfällen gekommen. Noch sei die Situation entspannter als im August vor sieben Jahren. Man befürchte aber, dass dies erst die erste Runde eines Ringkampfes sei, dessen Gong noch lange nicht ertöne. Im Glutofen Deutschland sei die Situation weniger dramatisch.

Die Moderatorin kündigte das heutige Wetter mit den Worten an: „So sieht der Sommer im Norden aus: vierunddreißig Grad, heiß und keine Wolke. Besser schwitzen als im Regen sitzen.“

Als Andreas Wolf an diesem Freitagmorgen das Dienstgebäude in der Walther-Rathenau-Straße betrat, war die Stimmung überall recht entspannt. Alle Kollegen waren erleichtert, dass sich die Lebensmittelerpressung als Trittbrettfahrerversuch erwiesen hatte. Außerdem standen das Wochenende, wenigstens das Spiel der Deutschen um den dritten Platz sowie das WM-Endspiel in Johannesburg bevor. Hier und da wurden Tipps abgegeben. Andreas Wolf grüßte im Vorbeigehen mit einem knappen ‚Moin‘.

„Du scheinst dich hier ja schnell einzugewöhnen“, kommentierte Urs Hinrichsen die Begrüßung.

„Der Chef will uns in zehn Minuten bei sich im Büro sehen. Aber ich kann Entwarnung geben. Nachdem gestern dieser Pferdewirt dingfest gemacht werden konnte, ist er extrem gut drauf, obwohl ihm natürlich noch diese Pressekonferenz heute Mittag bevorsteht."

Urs Hinrichsen sollte Recht behalten. Walter Andres, der seinen braunen Anzug heute mit einer fürchterlichen grüngelb gepunkteten Krawatte kombiniert hatte, lobte in der Dienstbesprechung das außerordentliche Engagement seiner beiden Mitarbeiter. Andreas Wolf lächelte er sogar zu, ehe er ihn aufforderte, von dem Treffen mit Jennifer Schwartz zu berichten.

„Ihre Aussage bringt uns nach meiner Einschätzung nicht weiter. Das Mädchen scheint das Ende der Beziehung zu Marten Meyer nur schwer verkraftet zu haben. Jennifer Schwartz hat an Clarissa Engelbrecht kein gutes Haar gelassen und muss ziemlich eifersüchtig gewesen sein. Von Bedeutung war allenfalls ihre Überzeugung, dass Marten sich über den Kontakt zu Clarissa eine Mitbehandlung von Dr. Engelbrecht erhofft hat, was zum gegenwärtigen Zeitpunkt nicht auszuschließen ist."

Walter Andres nickte und forderte Urs Hinrichsen auf, die weitere Vorgehensweise zu erläutern. Der Nordenhamer wolle heute verstärkt in der Obdachlosenszene recherchieren, sein Kollege Andreas Wolf solle noch einmal mit Thomas Schuhmacher reden. Rolf Gremmer werde währenddessen versuchen, frühere Mitschüler von Marten Meyer ausfindig zu machen. Außerdem erwarte er aus Oldenburg den Obduktionsbericht und hoffe, dass die Spurensicherung mittlerweile neue Erkenntnisse gewonnen habe.

„Gut, dann setzen Sie sich zuerst an die Fallakten! Für die Pressekonferenz nachher brauche ich jede noch so nebensächlich erscheinende Information. Die Akten müssen auf jeden Fall vollständig sein. Ich will mich nicht vor der Presse blamieren."

„Chef, sind Sie eigentlich noch immer von einer Beziehungstat überzeugt?"

„Ach Herr Hinrichsen, ich schließe gar nichts aus. Aus der Kriminalstatistik wissen wir, dass reine Mordlust als Tatmotiv zum Glück sehr, sehr selten vorkommt. Neunundneunzigkommaneun Prozent aller Kriminalbeamten erleben sie in ihrem Berufsleben nicht ein einziges Mal. Ich kann nur hoffen, dass wir dazu gehören. Dafür spricht übrigens auch die Tatsache, dass Lustmörder das Verlangen spüren, ihr Opfer sterben zu sehen. Und das scheint ja bei den vier Toten nicht der Fall gewesen zu sein. Die Vorgehensweise bei uns, also die Verabreichung von Flunitrazepam, spricht ebenso dagegen. Es sieht fast so aus, als ob die Opfer nicht leiden sollten. Da sich die vier nicht gekannt haben, ist es natürlich denkbar, dass zumindest einer von den vieren ein Zufallsopfer war. Möglich ist ebenso ein Suizid oder sogar mehrere. Was wir brauchen, sind neue Ergebnisse, Fakten, die sich auswerten lassen, meine Herren. Und ich verspreche Ihnen, nächste Woche sieht die Personalsituation hier ganz anders aus. Sie können sich auf mich verlassen."

Walter Andres hielt einen Augenblick inne.

„Ich hoffe nur, dass ich die Presse hinhalten kann. Zum Glück wurde die Konferenz nur angesichts des Todes der beiden Jugendlichen anberaumt. Hoffentlich ist bislang nichts über die Vergiftung dieses Obdachlosen durchgesickert. Oder über die der Urlauberin."

Andreas Wolf erinnerte daran, dass Gerd Schneiders an einer Erstickung verstorben war. Und ein differenzierter Obduktionsbericht brauche grundsätzlich seine Zeit. Walter Andres nickte wissend und bat ihn um ein kurzes Gespräch unter vier Augen. Urs Hinrichsen verließ das Büro. Andreas Wolf errötete, ahnend dass ihn sein Vorgesetzter nun für seinen gestrigen Fauxpas mit Herrn Schuhmacher rügen würde. Er sollte irren.

„Herr Wolf, Sie leisten gute Arbeit. Ich bin froh, Sie hier zu haben. Machen Sie weiter so! Ihre Präsentation gestern hat mir sehr gut gefallen. Strukturiert, stringent und für alle Mitarbeiter transparent! Mein Kompliment!"

Der verlegene Andreas Wolf winkte ab und versuchte, das übertriebene Lob mit dem Hinweis auf sein eher visuelles Naturell zu relativieren.

„Meinen Sie damit auch die weiße Farbe in Ihren Haaren? Na ja, wenigstens ist es nicht die Arbeit hier bei uns im Norden, die Sie innerhalb weniger Tage ergrauen lässt."

Walter Andres lachte.

„Haben Sie sich denn mittlerweile hier bei uns im Norden schon etwas eingelebt? Herr Hinrichsen erzählte, dass Ihre Familie noch im Rheinland ist."

Andreas Wolf, der irritiert war, nickte und berichtete mit wenigen Worten von dem geplanten Umzug nächste Woche. Er war erleichtert, als er endlich das Büro seines neuen Vorgesetzten verlassen konnte. In der Küche spülte er sich die Farbreste so gut es ging heraus, um dann die noch ausstehenden Berichte in seinem Büro zu verfassen.

II.

Anderthalb Stunden später saß der Kriminalhauptkommissar wieder in seinem eigenen Wagen, um Thomas Schuhmacher einen weiteren Besuch abzustatten. Als er von der B 212 auf die Burhavener Straße abbog und links einen Nachtclub liegen sah, verzog er das Gesicht. Das Moulin Rouge mit seinem auffälligen Anstrich musste jedem Autofahrer unwillkürlich ins Auge stechen. Die verschiedenen Rottöne des an und für sich schönen Altbaus wollten einfach nicht zusammenpassen. Unweigerlich musste er an Julias zukünftiges Kinderzimmer denken.

Die Fensterseite sollte er auf ihren ausdrücklichen Wunsch hin in einem poppigen Rot streichen. Er stöhnte, als er sich an die endlose Diskussion in Köln zurückerinnerte. Mit seinem Vorschlag, einen gedämpfteren Farbton zu wählen, hatte er sich bei seiner Tochter nicht durchsetzen können. Auch Ilona, die auf die angeblich aggressionssteigernde Wirkung der Signalfarbe hingewiesen hatte, war kläglich gescheitert. Nein, es sollte und musste unbedingt ein leuchtendes Rot sein. Insgeheim war Andreas Wolf froh, dass sich Julia mit ihrer extravaganten Farbgestaltung auf eine einzige Wand beschränkt hatte und sich nicht wie Clarissa Engelbrecht einen Mädchentraum in Pink und Rosa erfüllen wollte. Er befürchtete zwar, dass das Kinderzimmer vermutlich schon im nächsten Jahr einen anderen Farbton erhalten sollte, aber dann würde seine Tochter selbst den Pinsel beziehungsweise die Farbrolle in die Hand nehmen müssen.

Das Pappschild ‚Zu verkaufen – 800 Euro VB', das an einem Motorroller vor dem Kaufhaus Janssen befestigt war, ließ den Kommissar nicht länger rot sehen. Er parkte den Wagen auf dem Parkplatz vor dem Geschäft, um sich den fahrbaren Untersatz genauer anzusehen. Auf den ersten Eindruck schien der schwarze und schnittige Aprilia-Roller in einem guten Zustand zu sein, er hatte nur wenige Kratzer und kaum Roststellen. Der Blick auf den Tacho verriet, dass er erst dreitausend Kilometer gefahren war. Das schwarze Täschchen auf dem Sitz wies darauf hin, dass das Fahrzeug gedrosselt war.

Andreas Wolf betrat das unscheinbare Kaufhaus, um sein Interesse an dem Roller zu bekunden. Er war überrascht, wie weitläufig die Geschäftsräume waren und welche Warenvielfalt es hier gab. Das Sortiment reichte von Zeitungen, Brötchen über Haushaltsgegenstände, Werkzeug und Gartenzubehör bis hin zu landwirtschaftlichen Maschinen. Er bat den Eigentümer um eine kurze Probefahrt und fühlte sich kurze Zeit später in seine Jugend zurückversetzt, in der er mit seinem frisierten Mofa durch Köln gerast war. Dieser Roller fuhr maximal siebenundzwanzig Stundenkilometer und kam daher für Jochen in Betracht. Zumindest zum jetzigen Zeitpunkt.

Der Polizeibeamte konnte nicht verstehen, weshalb der Fachausschuss des Bundestages den Moped-Führerschein ab fünfzehn Jahren begrüßte. Zugegeben, die Mobilität der auf dem Land lebenden Jugendlichen war wirklich bescheiden, aber die Erfahrungen aus Österreich zeigten doch offensichtlich, dass Jugendliche in diesem Alter ein erhöhtes Unfallrisiko aufwiesen. Er konnte nur hoffen, dass die Bundesregierung die Ratschläge des Deutschen Verkehrssicherheitsrates ernst nehmen würde.

So oder so, die Probefahrt war auf jeden Fall erfrischend gewesen und er ahnte schon jetzt, dass er sich in Zukunft das ein oder andere Mal von Jochen den Roller ausleihen würde. Als er den Schlüssel fast schon etwas wehmütig zurückgab, bat er um Bedenkzeit und ließ sich die Telefonnummer des Geschäfts geben.

Der Campingplatz in Fedderwardersiel hatte sich deutlich gefüllt. Überall standen angesichts des bevorstehenden Wochenendes Zelte, Wohnmobile und Wohnwagen. Von der großflächigen, mittlerweile mehr braunen als grünen Wiese war nicht mehr viel zu sehen. Thomas Schuhmacher schien den sonnigen Vormittag zu nutzen, um an seinem Wohnwagen herumzuschrauben.

„Guten Morgen Herr Schuhmacher!“

Andreas Wolf reichte seinem Gegenüber die Hand. Dann druckste er herum und entschuldigte sich für sein Verhalten am Vortag.

„Sie brauchen sich nicht zu entschuldigen. Es war ja mein ausdrücklicher Wunsch, meine Frau zu sehen. Setzen Sie sich doch!

Gibt es etwas Neues?"

Der Kriminalhauptkommissar nahm auf einem der Campingstühle Platz und versuchte, möglichst behutsam und mit wenigen Worten über die Vergiftung zu reden. Er war überrascht, wie gefasst der Witwer reagierte.

„Wann wird der Leichnam meiner Frau freigegeben? Ich würde sie gerne möglichst bald nach Hause überführen lassen und ehrlich gesagt, möchte auch ich möglichst schnell hier weg. Es ist verdammt bitter, nach dem gestrigen Tag ständig von Menschen in Urlaubsstimmung umgeben zu sein. Verstehen Sie mich?"

Andreas Wolf nickte betroffen.

„Entschuldigen Sie meine Zerstreutheit, Herr Kommissar. Darf ich Ihnen etwas zu trinken anbieten? Kaffee, Wasser oder Apfelsaft?"

„Apfelsaft? Kann ich den mal sehen?"

Die Stimme des Beamten war brüchig.

„Aber natürlich! Wir haben ihn immer unter dem Wohnwagen gelagert. Da bleibt er schön kühl."

Thomas Schuhmacher verschwand für einen Moment, um kurz darauf mit einem zu Dreiviertel vollen Zwölferpack Apfelsaft zurückzukommen. Andreas Wolf wurde kreidebleich, nachdem er von einer Packung den Aufkleber mit dem Schriftzug ‚aus ökologischem Anbau' abgezogen und eine Einstichstelle entdeckt hatte.

„Haben Sie etwa auch davon getrunken?"

„Was ist denn bloß los, Herr Kommissar? Sie sehen ja fix und fertig aus. Alles in Ordnung mit Ihnen?"

„Herr Schuhmacher, bitte beantworten Sie meine Frage!"

„Natürlich, aber nicht viel. Mein Magen verträgt die Fruchtsäure nicht gut. Deswegen trinke ich allenfalls Schorle."

Er stockte und fügte leise hinzu. „Vorhin habe ich noch ein Glas getrunken. Ist der Saft etwa vergiftet?"

Andreas Wolf nickte und forderte sein Gegenüber unverzüglich auf, mit ihm in die Wesermarschklinik zu fahren.

„Aber mir geht es gut, den Umständen entsprechend jedenfalls."

„Herr Schuhmacher, ich möchte kein Risiko eingehen und ich bin kein Mediziner. Kommen Sie, ich will keine Zeit verlieren!"

Andreas Wolf griff sich den Karton mit dem Apfelsaft, während Herr Schuhmacher den Wohnwagen abschloss.

III.

Obwohl er mit seinem Handy in der Wesermarschklinik das baldige Eintreffen eines möglichen Vergiftungsopfers angekündigt hatte, war Andreas Wolf beunruhigt.

„Alles okay, Herr Schuhmacher?"

„Ja doch, ich bin nur wahnsinnig müde. Ich habe heute Nacht kein Auge zugetan."

Der Kriminalhauptkommissar beschleunigte das Tempo, Geschwindigkeitsbegrenzungen interessierten ihn jetzt nicht. Die Stille hatte etwas Bedrohliches, weshalb Andreas Wolf bald von dem Tod der Jugendlichen und des Obdachlosen erzählte.

„Die Namen Clarissa Engelbrecht, Marten Meyer und Gerd Schneiders sagen Ihnen nichts, oder?"

Thomas Schuhmacher verneinte, er war mittlerweile ganz blass im Gesicht. Der Kommissar trat abermals auf das Gaspedal und war bemüht, seinen Beifahrer wach zu halten. In wenigen Minuten würden sie das Krankenhaus erreichen, die Ärzte warteten bereits. Zum Glück wisse man ja, um welches Gift es sich handele, so dass sofort ein Gegengift verabreicht werden könne. Andreas Wolf hatte zwar keine Ahnung, ob das so stimmte, es war ihm in dieser angespannten Situation egal.

Es war Thomas Schuhmacher, der das Thema wechselte und auf den Tod der zwei Jugendlichen zu sprechen kam. Er fragte nach dem Alter der zwei und ließ sich darüber aufklären, dass sie tot in der Nordseelagune aufgefunden worden waren.

„Herr Schuhmacher, Sie werden von Minute zu Minute blasser. Immer schön durchatmen, wir sind gleich da."

Rücksichtslos überholte der Polizist den Fahrer eines Vans, auf der Atenser Allee hupte er eine Smart-Fahrerin fast auf den Bürgersteig.

„Ich wollte die Klinik eigentlich noch lebend erreichen", kommentierte der Frührentner den waghalsigen Fahrstil. Andreas Wolf fuhr unbehelligt und jetzt schweigsam weiter. Er war froh, als er links in die Albert-Schweitzer-Straße abbiegen konnte, wo sie bereits erwartet wurden.

Während Thomas Schuhmacher untersucht und behandelt wurde, rief Andreas Wolf in seiner Dienststelle an, um seinen

Vorgesetzten über die Neuigkeiten zu informieren. Walter Andres war wegen der Vorbereitungen für die Pressekonferenz nicht zu sprechen, weshalb der Kommissar mit seiner Sekretärin Stefanie Kress vorlieb nehmen musste.

Danach telefonierte er mit Urs Hinrichsen, der in der Nähe des Bahnhofs war. Die zwei verabredeten, sich in einer halben Stunde im Büro zu treffen. Rolf Gremmer sollte ebenfalls dazu kommen. Gerade als Andreas Wolf seine Nummer wählte, kam ein Arzt auf ihn zu.

„Herr Kommissar, wir haben voraussichtlich noch ein weiteres Vergiftungsopfer. Unsere Zentrale hat soeben einen Anruf aus Langwarden erhalten. Der Notarzt, der von der Ehefrau gerufen worden war, vermutete zunächst Tod durch Herzversagen, stieß dann aber auf eine Packung Apfelsaft und wurde skeptisch."

Andreas Wolf schlug instinktiv die Hände vor das Gesicht. Er wollte und konnte nicht glauben, was er soeben gehört hatte. Es dauerte einen Augenblick, ehe er in der Lage war, nach dem Fundort des Toten und dem Zustand von Thomas Schuhmacher zu fragen.

„Die Ergebnisse des Schnelltests lagen eben noch nicht vor. Aber ich kann Sie beruhigen. Der Patient ist soweit stabil. Ich glaube übrigens, dass Ihre Kollegen schon auf dem Weg zum Tatort sind."

Der Mann in dem weißen Kittel zündete sich eine Zigarette an.

„Entschuldigen Sie, normalerweise rauche ich allenfalls abends, aber im Moment ist hier die Hölle los. Dieser Sommer hat uns alle fest im Schwitzkasten. Ständig kommen neue Patienten mit Kreislaufproblemen, ältere Menschen, die zu wenig trinken, auch aus den Alten- und Pflegeheimen, und Jüngere, die sich zu lange der Sonne aussetzen. Ich kann nicht verstehen, warum die Leute so unvorsichtig sind. Im Moment gibt es auch weitaus mehr Infektionserkrankungen als sonst, weil sich die Keime bei der Wärme ideal in den Lebensmitteln entwickeln und ausbreiten können. Für Kinder, Schwangere und ältere Menschen kann dieser grassierende Magen-Darm-Infekt richtig gefährlich werden. Entschuldigen Sie, möchten Sie auch eine Zigarette?"

Andreas Wolf zögerte. Vor einem guten Jahr hatte er auf Ilonas Drängen mit dem Rauchen aufgehört, aber angesichts der vielen

Toten in dieser Woche war die Versuchung mehr als verlockend. Dankend nahm er das Angebot seines Gegenübers an, drückte aber schon die halb gerauchte Zigarette aus.

„Ich hatte eigentlich aufgehört zu rauchen."

Dann entschuldigte er sich, er musste unbedingt noch einmal mit Stefanie Kress telefonieren. Von ihr erfuhr er, dass sie Urs Hinrichsen und Rolf Gremmer soeben gebeten hatte, den Tatort unweit der alten Dorfkirche aufzusuchen. Nein, sie habe nichts dagegen, wenn auch er nach Langwarden fahre.

Wenig später fluchte der Kommissar insgeheim, weil er sich immer gegen den Kauf eines Navigationsgerätes ausgesprochen hatte. Spätestens jetzt bereute er diese Entscheidung. Zwei Mal musste er anhalten, um einen Blick auf die Karte zu werfen. Normalerweise verfügte er über einen ausgeprägten Orientierungssinn, aber angesichts seiner wirren Gedanken schien ihm sein Gehirn heute einen Streich zu spielen.

Er ärgerte sich, weil er sich entschieden hatte, über Stollhamm zu fahren, wo er irrtümlicherweise Richtung Tossens und Eckwarden abgebogen war. Auf der Butjadinger Straße stauten sich die anreisenden Sommerurlauber und Wochenendbesucher, so dass er nur schleppend vorankam. Es dauerte wahrlich über fünfunddreißig Minuten, bis er in dem Dorf mit einer der bedeutsamsten Kirchenorgeln Norddeutschlands ankam.

Seine Kollegen hatten den Tatort, den Vorgarten eines Einfamilienhauses, großräumig abgesperrt. Einige Schaulustige hatten sich auf dem Bürgersteig versammelt. So wie es aussah, musste der Rentner Friedrich Baumann auf seinem Aufsitzmäher zusammengebrochen sein, als er den Rasen seines weitläufigen Vorgartens mähte. Der Notarzt hatte nur noch den Tod feststellen können. Der Oberkörper des stämmigen Mannes hing schlaff über dem Lenkrad. Urs Hinrichsen redete gerade mit einer älteren Frau, Andreas Wolf vermutete, dass es sich um die Ehefrau handelte.

„Ik heb dem Friedrich immer segt, dat he mit sin Hartlieden vorsichtig umgahn mut. Aber he hätt sick nex sägen loten wullt. He wullt unbedingt den Raosen vor Middag fertig hebben." („Ich habe dem Friedrich immer gesagt, dass er mit seinem Herzleiden vorsichtig umgehen muss. Aber er hat sich nichts sagen lassen wollen. Er wollte unbedingt den Rasen vormittags fertig gemäht haben.")

Die Frau weinte. Andreas Wolf ging weiter zu seinem Kollegen Rolf Gremmer, der etwas abseits stand. Dort erfuhr er, dass der Rentner wahrscheinlich eines natürlichen Todes gestorben war. Friedrich Baumann war seit langem herzkrank gewesen und der Apfelsaft, den der Notarzt entdeckt hatte, war ohnehin von einem anderen Hersteller. Die Packung wies keine Einstichstelle auf.

„Moin, die Frau hat zweifelsohne Recht. Wie kann man auch so leichtsinnig sein und als Herzkranker in der Mittagshitze den Rasen mähen? Der Notarzt hat eben erzählt, dass er und sein Team derzeit etwa fünfzehn Mal am Tag im Landkreis Wesermarsch unterwegs sind, um Hitzeopfer zu versorgen. Das sind doppelt so viele Einsätze wie sonst."

Andreas Wolf nickte schweigend.

„Ähnliches habe ich eben im Krankenhaus zu hören bekommen. Wie geht es jetzt weiter?"

„Wir warten noch auf die Kollegen von der Spurensicherung und der Rechtsmedizin, dann fahren wir ins Präsidium zurück. Der Chef hat übrigens eben angerufen. Die Pressekonferenz ist gut gelaufen. Der Tod des Obdachlosen und der Urlauberin sind nicht zur Sprache gekommen. Die Presse hat sich wie erwartet mit dem gestrigen Fahndungserfolg zufrieden gegeben und sich auf die Tatsache gestürzt, dass die Engelbrechts eine Belohnung von zehntausend Euro ausgesetzt haben. Die Zeitungen werden morgen wahrscheinlich nichts anderes zu berichten haben."

IV.

Auf direktem Weg fuhr Andreas Wolf nach Nordenham zurück. Er ärgerte sich noch immer über seine Irrfahrt, denn der Weg über die Hauptstraßen zum Polizeikommissariat war alles andere als schwierig. Vermeintliche Abkürzungen würde er in Zukunft meiden, das hatte der Kommissar heute gelernt.

Anders als erwartet herrschte in der Dienststelle keine Vorfreude auf das Wochenende und auch der positive Verlauf der Pressekonferenz wurde nicht gefeiert. Walter Andres schien mehr als angeschlagen zu sein. Entgegen seinen sonstigen Prinzipien hatte er sein Jackett ausgezogen und die Ärmel seines weißen

Oberhemdes hochgekrempelt. Michael Scherer hatte vor wenigen Minuten ein Schreiben in dem Briefkasten der Burhavener Polizeidienststelle entdeckt, in dem der Täter einen weiteren Mord ankündigte. Der Text war mehr als sarkastisch:

Ob jung, ob alt,
ich mache alle kalt.
Nichts ist mehr, wie es war,
eure Angst zu spüren ist wunderbar.
Bremerhaven ist der nächste Ort,
da hole ich den Nächsten fort.
Im Leben gescheitert ist dieser Mann,
von dem ich jetzt nicht lassen kann.
Ich weiß, ihr faßt mich nicht,
ich habe mehr als ein Gesicht.

Andreas Wolf schluckte schwer, als er die Kopie des Schreibens las. Der Täter hatte den Text nicht am PC geschrieben, sondern die Buchstaben in alter Manier aus der Zeitung herausgeschnitten.

„Was halten Sie davon, Herr Wolf?"
Der Kommissar überflog den Inhalt noch einmal, ehe er sich äußerte. Auf den ersten Blick sehe es aus, als ob der Täter sich seine Opfer bewusst aussuche. Das spreche gegen eine Lebensmittelvergiftung im großen Stil und mache eine Warnung an die Bevölkerung wahrscheinlich überflüssig. Die Motivlage sei ihm völlig unklar, er vermute aber, dass es sich um einen kinderlosen Mann oder eine kinderlose Frau mindestens mittleren Alters handele.

„Wie kommen Sie denn darauf?", fragte Walter Andres irritiert.

„Nun, er schreibt nicht auf dem Computer und benutzt die alte Rechtschreibung. Hier, sehen Sie, wie er das Wort ‚faßt' schreibt! Jüngere Täter oder Täterinnen scheinen damit auszuscheiden und Eltern werden schon in der Grundschule mit der neuen Schreibweise konfrontiert. Aber vielleicht sollen wir das auch nur denken. Ach, ich weiß es einfach nicht. Bei der Hitze hier kann man ja nicht klar denken."
Walter Andres nickte.

„Das geht uns wohl allen so. Und einen solchen Fall habe ich in meiner langen Dienstzeit auch noch nicht erlebt. So kurz vor der Pensionierung!"

„Hat sich die Klinik schon gemeldet?"

Der Leiter des Polizeikommissariates nickte abermals und berichtete, dass Thomas Schuhmacher Glück gehabt habe.

„Bei ihm ist lediglich eine leichte Vergiftung festgestellt worden, weil er zum Glück nur eine geringe Menge Apfelsaft getrunken hat. Die Klinik will ihn aber zur Beobachtung noch über das Wochenende dabehalten."

Andreas Wolf nickte und erinnerte sich an die Worte des Witwers, es sei verdammt hart, in seiner Situation von gut gelaunten Urlaubern umgeben zu sein. Der Aufenthalt in dem Krankenhaus war für ihn wahrscheinlich besser, zumal es dort psychologische Begleitung gab.

„Haben Sie den vergifteten Apfelsaft sichergestellt? Ich möchte, dass die Cuxhavener ihn direkt am Montag auf mögliche Spuren untersuchen."

Andreas Wolf nickte erneut und verließ das Büro, um den Karton mit dem Apfelsaft zu holen. Wenige Minuten später präsentierte er seinem Vorgesetzten den Fund.

„Scheiße, entschuldigen Sie! Aber da fehlt eine Packung. Ich muss das Tetrapack, das ich genauer untersucht habe, auf den Boden gestellt haben. Ich Idiot! Oh nein, nicht, dass jetzt irgendein Kind davon trinkt!"

„Jetzt beruhigen Sie sich doch! Ich werde Michael Scherer bitten, die Packung unverzüglich sicherzustellen. Danach werde ich die Kollegen in Bremerhaven von dem Eingang des Schreibens hier informieren. Und Sie, Sie gehen jetzt am besten erst einmal an die frische Luft, um sich zu beruhigen. Ich will Sie frühestens in einer halben Stunde hier wieder sehen."

V.

Andreas Wolf tat wie ihm befohlen. Er verließ das Haus und setzte sich in dem gegenüberliegenden Gatepark auf eine Parkbank im Schatten. Von dort aus beobachtete er das bunte Treiben um sich herum. Frauen mit Kinderwagen und Buggies kamen an ihm vorbei, rechts fütterte eine ältere Dame Enten. Er zählte trotz der Mittagshitze vier Jogger, zwei jugendliche Radfahrer fuhren lachend an ihm vorbei. In diesem Moment fühlte sich Andreas Wolf von all diesen Menschen meilenweit entfernt und irgendwie ausgeschlossen.

Einen Moment lang überlegte er, ob er zu Hause in Köln anrufen sollte. Dann verwarf er den Gedanken wieder. Die Welt im Rheinland war zu weit weg, unerreichbar. Er kickte einen imaginären Stein zur Seite. Mist, für Ilonas Geburtstag heute in einer Woche hatte er auch noch nichts organisiert. Und das, obwohl sie vierzig wurde. Klasse, ein runder Geburtstag ohne die besten Freunde, fern ihres geliebten Rheinlandes. Hoffentlich würde wenigstens Jakob den Weg in den Norden finden. Andreas Wolf grübelte. In Bremerhaven würde es am Abend ein Open-Air-Konzert von ‚Pur' geben. Vielleicht sollte er Karten hierfür organisieren. In Rodenkirchen würde das hier oben berüchtigte ‚Formel OX Wesermarsch Ochsen-Rennen' eingeleitet, was für die Familie aus der Großstadt eine wahre Gaudi sein konnte. Oder eben überhaupt nicht! Verdammt, bei dieser Hitze fiel nicht nur das logische Denken schwer, diese mörderischen Temperaturen blockierten auch jeden Hauch von Kreativität und Einfallsreichtum.

Selbst der Geschmack in seinem Mund war trocken und bitter. Obwohl er keinen Hunger verspürte, aß er den wenigen Proviant, den er gestern noch gekauft hatte, auf. Das Mineralwasser war abgestanden und viel zu warm geworden, er schluckte es dennoch hinunter. Ob er jemals in seinem Leben noch einmal Apfelsaft trinken würde? Er bezweifelte es, auf Rotwein würde er dagegen bestimmt nicht verzichten wollen. Allerdings hatte er diesen auch noch nie in seinem Leben aus dem Tetrapack getrunken.

Anschließend versuchte der Kriminalbeamte, seinen schmerzenden Nacken zu lockern. Die Muskulatur war bis in die Schulterpartie verspannt, obgleich er sich allmählich an die Nächte auf der Luftmatratze zu gewöhnen schien. Nach einigen Lockerungs- und Dehnungsübungen machte er sich auf den Weg zurück ins Büro. Er hoffte, dass die Kollegen aus Langwarden zurück sein würden.

Im Polizeikommissariat herrschte für einen Freitagnachmittag eine ungewöhnlich hohe Betriebsamkeit. Andreas Wolf erfuhr sehr schnell, was in der Zwischenzeit vorgefallen war. Michael Scherer hatte sich sofort auf den Weg nach Fedderwardersiel gemacht, um die besagte Apfelsaftpackung sicherzustellen. Dabei war ihm aufgefallen, dass der Pkw von Thomas Schuhmacher nicht mehr auf dem Gelände stand. Zugleich hatte er ein Schild auf der Tür des Wohnwagens bemerkt. ‚Zu spät', diese beiden Wörter waren aus einer Zeitung ausgeschnitten und auf ein Stück Pappe geklebt worden. Der Burhavener Kollege hatte daraufhin sofort das Polizeikommissariat alarmiert, worauf eine Großfahndung nach Thomas Schuhmacher und dem grauen Ford mit dem Kennzeichen ‚EN-DE 2010' eingeleitet worden war. Der Frührentner musste das Krankenhaus unbemerkt verlassen haben. Über die Taxizentrale wusste man bereits, dass er sich kurz vor zwölf Uhr auf den Campingplatz in Fedderwardersiel hatte fahren lassen. Weit konnte er also noch nicht sein.

Michael Scherer hatte in Absprache mit Wtten oder eine Spritze war er nicht gestoßen.

Urs Hinrichsen stand kurze Zeit später vor dem Flip-Chart in dem Büro seines Kollegen und ergänzte die Notizen. Andreas Wolf erblasste, als er las: ‚Mögliche nächste Opfer: unbekanntes männliches Wesen, Andreas und / oder Suizid'.

„Das ist doch absurd, Urs! Warum soll mich der Schuhmacher denn umbringen wollen? Und woher will er wissen, dass ich in Bremerhaven wohne?"

Urs Hinrichsen sah ein mögliches Motiv darin, dass sein Kollege ihm den Anblick der Leiche seiner Frau nicht verwehrt hatte.

„Überleg doch! Er hat alle seine Opfer betäubt, damit sie nicht leiden müssen. Und dann kommst du und konfrontierst diesen fast schon sensiblen Mann mit einer entstellten, verwesenden Leiche. Deshalb bist du der gescheiterte Mann in dem Gedicht. Und außerdem bist du heute mit deinem Privatwagen unterwegs gewesen. Jedes Kind hier weiß, dass das Kennzeichen ‚HB' nicht für die Hafenstadt Brake steht. Warum hast du eigentlich kein Dienstfahrzeug genommen?"

Andreas Wolf wurde schwindelig. Zu genau erinnerte er sich an die Worte des Frührentners, dass ihn die Bilder der Leiche seiner Frau noch immer verfolgten und er in der Nacht kein Auge zugemacht habe. Dann beantwortete er endlich die an ihn gerichtete Frage.

„Ich wollte dem armen Mann keine Schaulustigen zumuten. Wenn ich mit dem Dienstwagen vorgefahren wäre, wäre er garantiert den neugierigen Fragen der anderen Campingurlauber ausgesetzt gewesen. Und das wollte ich ihm in seiner Situation ersparen."

„Okay, hatte Thomas Schuhmacher heute irgendwann die Möglichkeit, etwas Ess- oder Trinkbares in deinem Wagen zu vergiften? Denk bitte genau nach! Es ist wichtig."

„Definitiv nicht! Meinen Proviant habe ich immer in der Aktentasche und die lag zu diesem Zeitpunkt in meinem Büro. Aber auf dem Campingplatz hat er mir etwas zu trinken angeboten. Ich konnte zwischen Kaffee, Wasser oder eben Apfelsaft wählen. Mensch Urs, ich hätte mich bestimmt für den Saft entschieden."

Andreas Wolf schüttelte sich.

„Hat deine Wohnung ein Sicherheitsschloss?"

„Urs, jetzt mach mal halblang! Wie bitte schön soll der Mann an meine Adresse kommen? Wir stehen ja noch nicht einmal im Telefonbuch."

„Vielleicht wird er dich observieren. Denkbar ist alles. Immerhin ist dieser Thomas Schuhmacher ein kühner Stratege. Er vergiftet sich selbst, um von sich als Täter abzulenken."

VI.

Walter Andres telefonierte, als Urs Hinrichsen und Andreas Wolf sein Büro betraten. Er gab seinen Mitarbeitern ein Zeichen, dass er ungestört sein wollte und deutete mit einer Geste an, dass er gleich zu ihnen kommen werde.

Wenige Minuten später standen die drei Polizeibeamten schwitzend vor dem Flip-Chart. Urs Hinrichsen trug dem Leiter des Polizeikommissariats seine neue Theorie vor, derzufolge Thomas Schuhmacher den Mord an seinem Kollegen plante. Walter Andres schien ebenso wie Andreas Wolf wenig überzeugt. Er ging davon aus, dass der Campingurlauber ein ihnen unbekanntes Opfer avisiere oder seinen eigenen Suizid plane. Dennoch riet er Andreas Wolf zur Vorsicht.

Dann berichtete er über die beiden Anrufe, die er kurz zuvor erhalten hatte. Die Spurensicherung hatte auf Langlütjen I die Fußabdrücke des Joggers festgestellt, was nicht weiter verwunderlich war. Urs Hinrichsen und Andreas Wolf zuckten teilnahmslos mit den Schultern.

„Die Kollegen in Cuxhaven haben ganze Arbeit geleistet. Auf einer der Apfelsaftpackungen, die in der Nordseelagune sichergestellt worden waren, hat man nicht nur die Fingerabdrücke von Clarissa Engelbrecht und Marten Meyer nachgewiesen, sondern auch die von Christiane Schuhmacher."

Urs Hinrichsen pfiff anerkennend durch die Zähne.

„Was das bedeutet, wissen wir noch nicht, es soll uns jetzt aber auch nicht weiter interessieren. Meine Herren, ich läute hiermit das wohlverdiente Wochenende ein. Schluss für heute! Meine Frau und ich wollen heute noch nach Bremen in das Olbers-Planetarium. Dort gibt es eine Abendshow, die sehr unterhaltsam und gut sein soll."

Der Leiter des Polizeikommissariats rückte seine Krawatte zurecht und stoppte seinen Redefluss.

„Und Sie, Herr Wolf, sind bitte vorsichtig! Am besten, Sie bleiben am Wochenende einfach zu Hause und erholen sich nach dieser äußerst turbulenten Arbeitswoche."

Der Kriminalhauptkommissar konnte Entwarnung geben. Das bevorstehende Wochenende wolle er nun wirklich für die Renovierung der neuen Wohnung nutzen. „Andernfalls wird meine Frau mir nächste Woche den Kopf abreißen. Es besteht also wirklich kaum die Gefahr, dass Thomas Schuhmacher mich in Bremerhaven oder Nordenham antreffen wird."

Trotzdem war Andreas Wolf irgendwie beunruhigt, als er an diesem Nachmittag im Baumarkt stand und seine Einkaufsliste abarbeitete. Wiederholt sah er sich verstohlen um und blickte in die Gesichter der wenigen anderen Kunden. Ein Privatdetektiv hätte ihn bestimmt für einen potentiellen Ladendieb gehalten, so auffällig benahm er sich.

Als er vor der Farbpalette mit den verschiedenen Rottönen stand, war der Beamte mit der Wahl des richtigen Farbtons restlos überfordert. Unglaublich, das in Frage kommende Spektrum reichte von erdbeer-, verkehrs- und feuerrot über signal- und orientrot bis hin zu karmin- und rubinrot. Andreas Wolf überlegte, welche Nuance seiner Tochter am besten gefallen würde. Karmin-

und rubinrot erschienen ihm zu dunkel, erdbeerrot zu hell. Als er sich schließlich für das leuchtende Feuerrot entschieden hatte, surrte sein Handy. Ah, Nachrichten aus Köln.

Er sollte sich irren. Es war eine SMS von Rolf Gremmer mit dem Inhalt: ‚Pkw EN-DE 2010 am Fähranleger Nordenham ausfindig gemacht. Fahrer flüchtig.' Andreas Wolf steckte das Handy wieder seufzend in seine Jackentasche und orderte einen Zweieinhalb-Liter-Eimer Wandfarbe in Feuerrot. Danach begab er sich mit seinem Einkaufswagen in Richtung Kasse.

Zu Hause in der Bürgermeister-Smidt-Straße angekommen, gönnte er sich auf der Dachterrasse erst einmal einen Kaffee. Das Radio spielte um diese Zeit wieder einmal den ‚Sound der Achtziger und die beste Musik von heute' und der Kommissar genoss die halbstündige Auszeit in der Nachmittagssonne.

Der Blick auf die Weser war nach wie vor einmalig und löste automatisch Urlaubsgefühle bei ihm aus. Er überlegte, ob er Ilona zu ihrem Geburtstag mit dem Kauf eines Strandkorbes überraschen sollte, entschied dann aber anders. Was, wenn die Anlieferung im Erdgeschoss des mehrstöckigen Altbaus endete? Eine fürchterliche Vorstellung! Auf der großzügigen Dachterrasse ließe sich problemlos einer dieser komfortablen Gartengrillkamine mit Simsplatte unterbringen, aber Ilona war angesichts des Krebsrisikos kein eingefleischter Grillfan. Am ehesten würde sie sich wahrscheinlich über einen mexikanischen Feuerofen freuen, den man notfalls auch als Grill nutzen konnte. Diese terracottafarbenen Wärmespender waren dekorative Blickfänge und knisterndes Feuer an den ersten Herbstabenden hatte einfach immer seinen besonderen Charme. Bei der momentanen Hitze war diese Vorstellung zwar befremdlich, aber vielleicht konnte man in diesem Sommer Feueröfen gerade deshalb günstig erwerben. Sie mussten ja die reinsten Ladenhüter sein.

Bevor er sich nach den Siebzehn-Uhr-Nachrichten in die Wohnung zurückzog, um Julias Zimmer zu streichen, telefonierte er kurz mit seiner Tochter. Er wollte ihr unbedingt von dem Kauf der feuerroten Farbe erzählen.

„Das wird aber auch Zeit, Papa! Du, heute ist mir aufgefallen, dass ich ja nur drei Wochen Ferien habe. Voll gemein!"

Andreas Wolf pflichtete Julia bei, tröstete jedoch zugleich mit dem Hinweis darauf, dass die Familie dafür bald direkt am Meer leben werde. Da könne man sicher auch in der Schulzeit die Nachmittage am Strand verbringen.

„Was machst du denn gerade?"

„Was schon? Ausmisten und einpacken, echt öde."

„Und du?"

„Ich werde jetzt dein Zimmer streichen."

„Na endlich, wird ja auch Zeit. Mensch Papa, hier ist es irre heiß. Mama sagt, dass meine Kopfschmerzen und dieser Hustenreiz wahrscheinlich von dem hohen Ozonwert kommen. Ist es bei dir auch so unerträglich?"

„Nein, hier ist es zwar heiß, aber dafür geht wenigstens etwas Wind. Und die Ozonwerte dürften auch deutlich niedriger als bei euch sein. Du wirst sicher bald merken, dass dir das mit deinem Asthma gut tun wird. Sag mal, hast du eigentlich schon ein Geburtstagsgeschenk für Mama?"

„Klar, Jochen hatte eine extrem gute Idee. Wir schmeißen unser Zeugnisgeld zusammen und schenken ihr einen Gutschein für Balkonpflanzen. Außerdem haben wir im Kunstunterricht so ein Windlicht gebastelt, das sie noch nicht gesehen hat und das echt total schön geworden ist. Was schenkst du ihr denn?"

Andreas Wolf nuschelte vor sich hin. Er habe zwar verschiedene Ideen, könne sich aber noch nicht definitiv entscheiden.

„Machen wir an Mamas Geburtstag einen Schiffsausflug? Das fände ich klasse."

„Eigentlich keine schlechte Idee, ich werde mal überlegen. Grüß jedenfalls Mama und Jochen von mir, wenn sie aus der Stadt zurückkommen. Sag ihnen, dass ich mich morgen wieder melde! Hab dich lieb, Kurze."

„Ich dich auch, Papa."

Andreas Wolf beendete das Telefongespräch und dachte über Julias Worte nach. Ein Schiffsausflug schien nicht die schlechteste Idee zu sein. In der Stadt gab es überall Plakate, die für Ausflüge nach Helgoland warben, auf der anderen Weserseite wurden Schiffstouren nach Wangerooge angeboten. Neuwerk bei Cuxhaven wäre eine andere Möglichkeit.

So oder so, er musste sich jetzt unbedingt an die Renovierungsarbeiten begeben. Andreas Wolf rieb sich die Hände. Er war wirklich gespannt, wie sich das Rot an der Fensterseite machen würde. Als er Julias Zimmer betrat, musste er feststellen, dass sich die Klebebänder, die er am Mittwoch angebracht hatte, zum Teil gelöst hatten. Er besserte an verschiedenen Stellen nach, deckte den Parkettboden mit Folie ab und legte kurze Zeit später mit seinen Malerarbeiten los.

Das Streichen der drei Meter zwanzig hohen Wand erwies sich als wahre Herausforderung. Andreas Wolf hatte schon nach wenigen Minuten das Gefühl, nur noch rot zu sehen. Überall entstanden unterschiedlich schattierende Flecken. Verdammt, warum hatte er nicht den Vorschlag Ilonas aufgegriffen, einen Handwerker mit der Wohnungsrenovierung zu beauftragen? Zugegeben, durch seine Eigenleistung hatte er bis jetzt jede Menge Geld einsparen können, aber dieses Geschmiere konnte er beim besten Willen nicht seiner Frau und Tochter vorzeigen. Die beiden würden ihn steinigen. Er war mehr als erleichtert, als ihn das Klingeln seines Handys aus dem verunstalteten Kinderzimmer rief. Es war Rolf Gremmer, der mit hektischer Stimme sprach.

„Wir beziehungsweise die Bremerhavener haben ihn, allerdings tot."

Mit wenigen Worten berichtete der Nordenhamer, dass Putzfrauen den Leichnam Thomas Schuhmachers und einen Abschiedsbrief im Auswandererhaus aufgefunden hatten.

Andreas Wolf wusch sich notdürftig die rote Farbe von den Händen ab, ehe er sich umzog, um möglichst bald in der Columbusstraße zu sein.

VII.

Andreas Wolf war beeindruckt, als er nach Vorlage seines Dienstausweises im Schnelldurchgang durch einen Teil des Deutschen Auswandererhauses geführt wurde. Die vielen lebensgroßen Figuren, die Unmengen von Gepäck und die detailgenaue Rekonstruktion eines Hafenabschnitts konnte er im Vorbeigehen nur am Rande wahrnehmen. Er schätzte, dass hier die Situation der Auswanderer gegen Ende des neunzehnten Jahrhunderts dargestellt wurde. Insgeheim beschloss er, diesem Museum mit seiner Familie sehr bald einen Besuch abzustatten.

Gemeinsam mit einem Bremerhavener Kollegen betrat er den

Nachbau eines Schnelldampfers über die Gangway. Dort ging es in Richtung der engen und stickigen Kajüten für die Passagiere der dritten Klasse. Links vor ihm hing eine Wäscheleine mit diversen Wäschestücken, rechts gab es auf allerengstem Raum eine Bettkonstruktion, die für acht bis zehn Passagiere gedacht war. Sackähnliche Stoffe dienten als Bettdecken. Andreas Wolf musste unweigerlich schlucken. Es war, als wäre er vor wenigen Minuten in eine andere Welt entführt worden, in der Armut, Hunger, Krankheit, aber auch Hoffnung vorherrschten. Er brauchte einen Augenblick, ehe er erkannte, dass unter einer der Decken der leblose Körper Thomas Schuhmachers lag.

Wie er erfuhr, hatte der Notarzt nur noch den Tod des Mannes feststellen können. Er vermutete Suizid infolge von Intoxikation. Genaueres würde die gerichtsmedizinische Untersuchung ergeben. Aufgrund der leicht gesunkenen Körpertemperatur war davon auszugehen, dass Thomas Schuhmacher erst vor kurzem verstorben war. Dafür sprach auch die Tatsache, dass sich die ersten Totenflecken zu bilden begannen. Außerdem hatte die Totenstarre im Kopfbereich eingesetzt.

„Ich gehe davon aus, dass er an einer Überdosis von Metildigoxinen und Unmengen an Flunitrazepam gestorben ist. So hat er jedenfalls seine Opfer vergiftet", ergänzte Andreas Wolf die Ausführungen des Arztes.

Der Notarzt widersprach. Nein, Herzglykoside schieden als Toxine definitiv aus, weil der Tod selbst bei entsprechender Überdosierung niemals innerhalb so kurzer Zeit eintreten könne.

„Sie werden sich gedulden müssen. Was haben Sie denn mit Ihren Händen gemacht? Im ersten Augenblick dachte ich, Sie seien verletzt."

Der Kriminalbeamte nuschelte etwas von verunglückten Renovierungsarbeiten und deutete auf die halb leere Cognacflasche in der Koje.

„Ein Remy Martin extra, welch edler Tropfen! Der Mann hatte Stil. Wo ist der Abschiedsbrief?"

Der Bremerhavener Kollege reichte Andreas Wolf ein Paar Handschuhe und anschließend ein mehrseitiges Schreiben, aus dem hervorging, dass Thomas Schuhmacher schon immer den Lebenstraum von einer Weltreise gehabt hatte. Dann aber war seine Jugendfreundin Christiane ungeplant schwanger geworden und er hatte heiraten müssen. Nach der Geburt des zweiten Sohnes waren seine Reisepläne immer mehr in die Ferne gerückt und seine Frühverrentung hatte massive finanzielle Einbußen mit sich gebracht. Drei Jahre lang hatte Thomas Schuhmacher sich dann um die Versorgung der herzkranken Schwiegermutter gekümmert, die letzten Herbst endlich verstorben war. In all den Jahren, ja Jahrzehnten hatte sich der frühere Krankenpfleger immer mehr von seiner Frau entfremdet. Die Interessen waren zunehmend auseinander gegangen und seine Ehe hatte zum Schluss nur noch auf dem Papier bestanden. Hinzu kam, dass Christiane Schuhmacher sich im Laufe der Zeit sehr verändert hatte. Sie hatte nicht nur ein für ihn nicht nachvollziehbares, überzogenes und irrationales Kaufverhalten entwickelt, sondern, was viel schlimmer für ihn gewesen war, seinen Traum von einer gemeinsamen Fernreise endgültig begraben. Die vielen Streitereien und endlosen Diskussionen waren mitunter unerträglich gewesen. Irgendwann hatte er gedanklich begonnen, diesen Keifereien und manchmal lautstarken Auseinandersetzungen ein abruptes Ende zu setzen, um dann mit der Erbschaft seiner Schwiegermutter und dem Geld aus der Lebensversicherung seiner Frau das Weite zu suchen. Zunächst hatte das Ganze etwas Spielerisches gehabt, es war seine Art gewesen, sich gedanklich aus der bitteren Wirklichkeit zu retten. Dann aber hatte sich diese imaginäre Flucht verselbstständigt und ihn nicht mehr los gelassen.

Andreas Wolf schluckte, ehe er die letzte Seite des mit der Hand geschriebenen Abschiedsbriefes las:

‚Sie müssen mir glauben, den Tod dieser armen Jugendlichen habe ich nie geplant. Einer von ihnen muss meiner Frau den Proviant entwendet haben, den sie am Montagmorgen in ihrem Fahrradkorb verstaut hatte. Sie hatte mir mittags von dem Diebstahl erzählt. Und dieser Alkoholiker war ohnehin am Ende. Soweit ich ihn verstehen konnte, sah er in seinem Leben keinen Sinn mehr, weil er alles verloren zu haben glaubte. Von daher war er das ideale Opfer für mich, ein Ablenkungsmanöver, in meiner Panik überführt zu werden. Es war quasi eine Vergiftung im Affekt.

Sprechen Sie bitte den Eltern der Jugendlichen mein aufrichtiges Beileid aus, ich kann und will mit dieser Schuld nicht leben.'

EN-DE 2010

Nachwort

Am folgenden Tag fanden sich die Kommissare Urs Hinrichsen, Rolf Gremmer und Michael Scherer in der Altbauwohnung ihres neuen Kollegen ein, um gemeinsam mit ihm die Renovierungsarbeiten abzuschließen. Andreas Wolfs Familie, die wenige Tage später in Bremerhaven ankam, war mit dem Ergebnis mehr als zufrieden; dass Deutschland das kleine Finale gewann und Spanien Weltmeister wurde, dürfte allseits bekannt sein.

Ulli Krebs

Die Autorin wurde 1965 in Düsseldorf geboren und ist dort aufgewachsen. Seit der Beendigung ihres Studiums der Sozialarbeit lebt und arbeitet sie in Bonn.

Bislang hat sie Gedichte und Kurzgeschichten veröffentlicht. Gemeinsam mit ihrem Ehemann erwarb sie vor wenigen Jahren ein altes Bauernhaus in der Wesermarsch, das perspektivisch zum ersten Wohnsitz der beiden werden soll.

Weitere Titel unserer Reihe „acht Grad Ost hinterm Deich“

Die Schreibverrückten
An der Mordseeküste
Spannende Krimi-Kurzgeschichten und -gedichte aus Bremerhaven
148 Seiten, Euro 9,99

Rolf Geffken
Seeleute vor Gericht
Authentische, spannende Erinnerungen über Gerichtsverfahren aus den 1980er Jahren
128 Seiten, Euro 9,99

Peter Oster
Dor kannst wat beleven – Küster Kalli vertellt
128 Seiten, 25 Karikaturen von Heinz Glaasker, Euro 9,99

Ernst-Otto Oberstech
Mr. Ottos Seefahrt-Lexikon
Wissenwertes und Unterhaltsames aus der Welt der Seefahrt
108 Seiten, 9 Karikaturen von Heinz Glaasker, Euro 9,99

Elke Grapenthin / Eberhard Pfleiderer (Hrsg.)
»Ich red´ sie schön«
Lyrische Stadtansichten aus Bremerhaven
214 Seiten, Euro 9,99

Stand: Mai 2012